나는 우울증이다

나는 우울증이다

발행일 2019년 6월 14일

지은이 김용현
펴낸이 손형국
펴낸곳 (주)북랩
편집인 선일영
디자인 이현수, 김민하, 한수희, 김윤주, 허지혜
마케팅 김회란, 박진관, 조하라
편집 오경진, 강대건, 최예은, 최승헌, 김경무
제작 박기성, 황동현, 구성우, 장홍석
출판등록 2004. 12. 1(제2012-000051호)
주소 서울시 금천구 가산디지털 1로 168, 우림라이온스밸리 B동 B113, 114호
홈페이지 www.book.co.kr
전화번호 (02)2026-5777 팩스 (02)2026-5747

ISBN 979-11-6299-764-2 03810 (종이책) 979-11-6299-765-9 05810 (전자책)

이 도서의 국립중앙도서관 출판예정도서목록(CIP)은 서지정보유통지원시스템 홈페이지(http://seoji.nl.go.kr)와 국가자료공동목록시스템(http://www.nl.go.kr/kolisnet)에서 이용하실 수 있습니다.
(CIP제어번호: CIP2019023167)

김 용 현
에 세 이

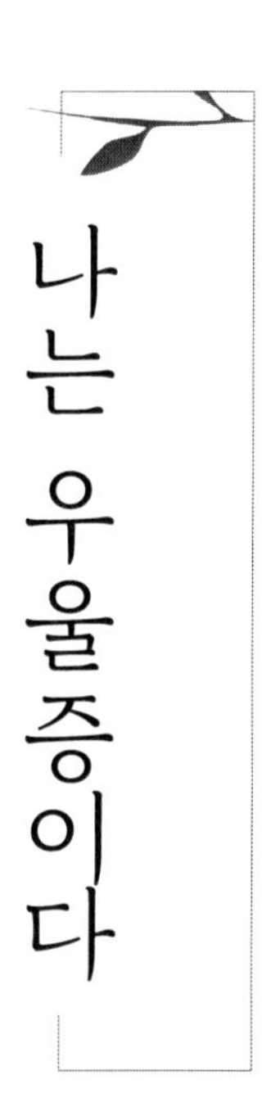

나는 우울증이다

북랩 book Lab

Prologue - 나는 우울증이다

그래, 나는 우울증이다.

처음 정신과 진료를 받고 나오는 그 발걸음에는 많은 것이 담겨 있었다. 부정하고 싶기도 했고 인정하고 싶지 않기도 했다. 그러나 한편으로는 그동안의 고통을 '병'으로 인정받은 것 같아 감사했으며 치료를 받으면 내 상황이 나아질 수 있다는 희망에 안도하기도 했다.

누구보다 바쁘게 살았고 누구보다 열심히 살았다고 자의적으로든 타의적으로든 자부할 수 있는 삶을 살아왔다. 그러나 그렇게 열심히 살아온 삶을 포기하고 싶었던 적이 한두 번이 아니었다. 감정의 하강나선에 물려 버리면 끝없이 내려가는 기분을 감당할 수 없었고 주체할 수 없는 우울함으로 하루하루 또는 1분 1초가 고비인 벼랑 끝에서 있는 시간들을 보낸 적도 있었다.

하지만 이대로 끝내기에는 너무나 억울했다.

나 하나 사라진다고 세상이 떠들썩해지지는 않을 것 같았다. 뉴스에서 매일 떠드는 미세먼지보다 못한 존재가 되어 그동안의 고통과 노력을 수포로 만들기에는 정말로 너무도 억울할 만큼 내가 너무도 열심히 살아왔다.

이를 악물었다. 그리고 노력했다. 숨 쉬는 것부터 나의 행동 하나하나까지 정말 악을 쓰고 노력했다. 우울의 굴레에서 벗어나려고 발버둥 쳤다.

이 책은 그 노력과 고통의 과정을 가감 없이 담아낸 책이다.

내 우울증의 원인과 발단부터 노력의 결실까지 거짓 없는 진실의 과정을 보다 가볍게 풀어내려 많은 노력을 기울였다.

국민건강보험공단에 따르면 2017년을 기준으로 우울증으로 인해 병원을 찾은 건강보험 진료 환자는 68만여 명이다. 이는 내가 사는 중소도시의 인구와 비슷한 사람들이 매년 우울증으로 병원을 찾고 있다는 것이다. 우울증 환자는 매년 증가 추세에 있고 건강보험 진료가 아닌 일반 진료와 불안, 강박, 불면 등의 기타 진료까지 더하면 2019년 현재는 더 많은 사람이 우울과 불안, 강박으로 고통받고 있다.

우울증은 더 이상 감추고 쉬쉬해야 하는 '병'이 아니다. 충분히 극복할 수 있고 극복이 아니라면 얼마든지 가벼운 동행이 가능하다. 난 나의 경험을 토대로 그 극복 과정과 가벼운 동행의 방법을 소개하려 한다.

중등도 우울증 환자가 다시 세상의 빛을 보기까지의 과정을 함께 걸어 보자. 당신을 나의 이야기 속으로 초대한다.

2019년 5월
김용현

차례

3장.
1시간, 삶이 변하는 시간

4장.
인정하고 극복하자

1장. 정신과의 문을 두드리다

01 예민 보스의 위엄
- '내가 예민한 줄만 알았다'

나는 직업 특성상 많게는 하루에 6시간씩 운전대를 잡는다. 보통 택시 기사님들의 하루 평균 주행 거리가 250~300㎞라고 하는데, 나는 하루 출장 거리로만 환산해 봐도 500㎞가 넘는 주행을 할 때도 다반사이다. 그 때문에 운전대를 잡고 있으면 나도 모르게 '예민 레이더'가 올라온다. 누군가는 그런 말을 한다.

"운전대 잡으면 다 범법자야!"

맞다. 운전하는 사람치고 한 번도 교통 법규를 위반하지 않은 사람이 어디 있으랴. 하다못해 골목길 황색 실선에 주차하는 것도 주정차 위반이라 단속 여부와 관계없이 위반이라고 하면 운전자들이 교통 법규를 100% 올바르게 지키기란 쉽지가 않다. 뭐 법무부 장관쯤 되시면 위반하지 않으시려나? 아무튼 각설하고, 그런 말이 있지 않던가! '내로남불'이라고. "내가 하면 로맨스지만, 남이 하면 불륜이다."라는 이야기가 우스갯소리로 쓰이는 걸 보면 나만 이런 생각을 하는 것은 아닌 것 같다. 내가 법규 위반을 하면 피치 못할 사정이 있어서 혹은 중요하고 급한 볼일이 있어서 어쩔 수 없는 경우이고 남이 위반을 하면 육두문자가 나오는 것은 어쩌면 당연한 심리가 아닐까 생각한다. 하지만 문제는 지금부터다. 나도 처음엔 상대방이 갑자기 끼어들어서 사고가 날 뻔해도, 상대가 급정거해서 조수석에 있던 내 가방 속의 내용물이 바닥에 나뒹굴고 간발의 차이로 사고를 면(免)해도 뭔가 급한 일이 있겠거니, 아니면 운전이 미숙하겠거니 하고 넘어갔다. 그런데 시간이 점점 지나고는 헤드라이트를 번쩍이거나 경적을 울리고 심한 경우엔 그 차를 따라가서 사과를 받고 나서야 분이 풀리는 경우가 종종 발생하는 것이었다. 단순히 성격이 예민해져서 혹은 성격이 나빠져서 그런 거겠지 생각했다.

그런데 하루는 편도 3차로 고속도로에서 2차로로 정상 주행 중이던 내 차 앞으로 1차로에 있던 차가 갑자기 우회전하여 나들목으로 빠져나가는 게 아닌가?

"악!"

외마디 비명과 함께 순간 세상의 모든 신을 불러 모았다. 내 덕분에 오랜만에 반상회라도 했으리라 생각한다. 아찔한 순간이 지나고 곧바로 근처 졸음쉼터에 차를 세웠다. 그 차를 찾을 수도, 따라가서 욕을 해 줄 수도 없는 상황. 아찔함이 지나자 분노가 치밀었다. 차에 들어가 블랙박스를 뒤져보았지만, 번호판도 제대로 찍히지 않았고 이미 지나온 고속도로를 유턴할 수도 없는 상황이었다. 너무나도 화가 나서 운전석에 앉은 채로 소리를 질렀다. 이상하게도 그날은 감정이 내 마음대로 컨트롤되지 않았다. 똥 밟았다 싶어 그저 침이나 뱉어 주고 그놈(?)에게 저주나 퍼부어 주면 될 것을, 컨트롤되지 않는 이상한 감정에 얼굴이 달아오르고 가슴이 터질 듯이 뛰었다. 이상했다. 이런 일이 처음 있는 것도 아닌데 이렇게까지 극에 달한 감정은 무서우리만큼 나를 감싸 안았다.

그리고 얼마 지나지 않아서였다. 강사라는 직업은 대중 앞에서 커뮤니케이션하고 수십 명의 눈빛을 받아야 하는 직업이기에 강의가 끝나고 나면 알 수 없는 허무함과 쓸쓸함으로 마음이 빈 깡통처럼 휑해진다. 성황리에 공연을 마치고 무대를 내려온 가수들도 비슷한 마음이라는 것을 TV에서 본 적이 있다. 그래서 나는 나름의 방법으로 그 빈 마음을 채운다. 주말이면 집에 설치된 빔 스크린으로 영화나 예능을 보며 맥주를 마시는 것이 그것이다. 나는 애주가다. 이에 대해선 뒤에서 다시 이야기하겠지만, 보통 맥주 3,000cc는 기본으로 마시는, 술을 사랑하며 아끼는 사람이다.

그날도 여느 때와 마찬가지로 사랑하는 맥주와 함께 내 공허한 마음을 채워 가고 있었다. 그것도 최고의 주가를 달리는 예능 프로그램과 함께였다. 한참을 박장대소하며 스크린을 보다가 갑자기 나도 모르게 울컥하는 마음이 들었다. 그와 동시에 눈에서 뜨거운 무언가가 또르르 흘러내리는 것이 아닌가.

한참을 소리 내어 울었다. 이유는 모르겠다. 방구석에서 캔맥주나 마시는 내 신세가 불쌍했나? 아니면 비슷한 또래들은

TV나 영화 등에서 잘나가는데 나는 그렇지 못해서였나? 알 수는 없지만, 갑자기 서글픈 마음에 엉엉 소리 내며 한참을 울었다. 약간의 취기는 그 서글픈 마음을 고조시키기에 충분했다. 얼마나 지났을까? 정신을 차리고 보니 무슨 청승인가 싶어 채널을 바꾸었다. 이번엔 좀 더 흥미로운 것으로! 개그 프로그램을 보며 또 한참을 웃다가 울다가를 반복했다.

무서웠다.

이 두 사건뿐만 아니라 때론 운전하다 다리를 건널 때면 강 속으로 빠지고 싶고 고속도로를 달리다 보면 사고가 날 것 같거나 사고를 내고 싶은 욕망이 들 정도로 최근 들어 감정 컨트롤이 어렵다는 것을 자주 느끼곤 했다. 이대로는 안 되겠다 싶었다. 이러다 정말 미치는 것이 아닐까 싶었다.

날이 밝자마자 인터넷 검색을 통해 몇 군데의 정신건강의학과를 찾았다. 홈페이지도 들어가 보고 전화도 해 보고 나름의 까다로운 기준을 통해 집과 차로 1시간 정도 거리에 있는 병원을 찾았다. 남들은 가까워야 좋다고 하지만 정신과란 곳이 동네 내과처럼 쉽게 갈 수 있는 곳은 아니지 않은가? 내가 가고 싶은 병원을 가는 것도 왠지 도움이 되리라 생각했다.

회사 사무실과 집의 딱 중간 위치에 있는 새로 생긴 병원. 그때 내가 세웠던 기준 중의 몇 가지를 이야기하자면 우선 TV나 언론에서 많이 소개된 곳은 제외했다. 어느 정도의 공신력은 중요하나 너무 많이 소개된 곳은 메인이 환자가 아닌 카메라일 것 같아서였다. 또 하나는 원장님 혼자만 근무하는 곳이 아니라 임상심리사가 있는가였다. 아무래도 한 사람의 판단보다는 여러 사람의 판단이 더 옳지 않을까 해서였다. 그렇게 해서 찾아간 '정신과'. 정식 명칭은 '정신건강의학과'라지만 내 머릿속에는 정신과라 각인되어 있다. 대한민국에서 정신과란 타이틀은 그리 긍정적이지 못하다. 사회 부적응자를 논하기도 하고 사회적 문제를 일으키는 사이코패스를 다루기도 한다. 나도 마치 정신과에 간다면 그들과 동급이 되는 것 같아서 몇 번을 망설인 끝에 운전대를 잡았다.

시설은 깔끔했다. 내가 다니는 이비인후과와 다르지 않았다. 따뜻했고 밝았으며 아늑했다. 예약했기에 접수하고 10여 분 정도 기다려서 바로 진료를 받을 수 있었다. 안경을 쓴 40대 초반으로 보이는 남자 선생님이었다. 병원에 내원하게 된 이유와 현재의 불안하며 힘든 심리를 이야기하고 별도로 마련된 방으로 안내를 받아 몇 장의 문답을 작성했다. 무언가 알 수 없는 기계로 나를 측정하기도 했다. 30여 분 동안의 검사가 끝나고 대기실로 나왔다. 내가 병원에 내원하기 전에 생각했던 정신과의 이미지와는 달랐다. 음침하고 조금만 잘못해도 포박을 당할 것 같으며 내원하는 환자들도 뭔가 외적인 부분이 이상하겠지 하는 생각이었는데, 민망하게도 전혀 맞아떨어지지 않았다.

'저 사람들은 뭐가 불편해서 왔을까?'

그렇게 생각하던 찰나에 다시 내 이름이 호명되었다. 지금 와서 솔직한 심정을 이야기하면 진료실로 다시 들어가는 그 짧은 순간에 혹시나 아무 이상이 없다고 하면 어쩌나 하는 걱정을 했다. 이렇게 알아보고 또 혼자 눈물 흘려가며 미친 것 아닌가 싶어 찾아온 이 어려운 발걸음을 허탈하게 만들면 어쩌나 하고 내심 많이 걱정하는 채로 진료실 문을 열었다. 탁자 위엔 여러 장의 문서들이 있었고 바로 원장님의 진단이 이어졌다.

"당뇨병 환자에게 당 수치가 조금만 높으면 식이 조절과 운동을 권하지만, 수치가 아주 높으면 인슐린을 쓰죠? 용현 씨가 딱 그 정도입니다. 약을 쓸 정도의 우울증을 가지고 계세요."

선생님은 이후로도 세로토닌이며 도파민이며 여러 가지 전문 용어를 통해서 나에게 자세히 설명해 주셨던 것 같은데 하나도 기억나지 않았다. 내 머릿속에는 이미 '우울증'이라는 세 글자만 남아 있을 뿐이었다.

회사에 제출하기 위해 2만 원짜리 진단서를 발급받았다. 진단서의 병명엔 '중등도 우울 에피소드'라는 글자가 선명하게 적혀 있었다.

다행이란 생각이 들었다. '그동안의 힘든 일들이 그저 예민한 예민 보스의 성격 장애가 아니라 F 코드를 달고 있는 병이었구나'라는 생각이 들었다. 마치 방학 숙제로 그림을 그렸는데 선생님께 인정받은 것처럼 나의 행동이 인정(?)받은 순간이었다.

알 듯 모를 듯한 멍한 기분으로 병원을 빠져나왔다. 한참을 차 안에 앉아 이런저런 생각을 했다. 회사는? 집은? 친구들은? 주변 사람들은? 혹시나 나를 미친 사람 취급하면 어쩌지? 뭐라고 이야기해야 할까? 아무것도 정해지지 않은 상태로 시동을 걸었다.

누구에게 이 소식을 전해야 할지 몰라서 일단 친누나에게 전화했다.

"누나. 나, 우울증이래. 근데 좀 심하다네?"

전화기 저편에서 무슨 말이 나올까 걱정 반, 기대 반으로 기다렸는데 짧은 침묵 뒤에 돌아온 의외의 대답은 긴장 속에 있던 내 마음을 춘삼월의 봄으로 만들었다.

"고생했다. 거기까지 가느라 얼마나 고생이 많았냐!"

너무나 고마웠다.

그래, 나 고생했다.
근데 왠지 그 고생을 인정받은 기분이다!

02 나는 우울증입니다

2018년 6월. 본격적인 약물치료가 시작되었다. 그러나 아무리 병원이 따뜻하고 아늑하고 밝고 깔끔하다 할지언정 어느 누가 정신과 약을 기분 좋게 먹겠는가.

첨언이지만, 처음 정신과 약을 먹을 때는 세상이 어떻게 되는 줄만 알았다. 상상 속에서는 약을 먹으면 갑자기 기분이 좋아진다거나 다른 세상이 보여 날아다닐 줄 알았다. 혹은 갑자기 기분이 차분해지고 말수가 줄어들며 그저 방 안 구석에 쪼그리고 앉아 천장만 바라보는 모습을 연상하기도 했다. 사실 무엇이든 정신과 약이라는 것은 감기약처럼 쉽게 다가서기는 어려운 것 아닌가. 아직도 처음 약을 먹었던 그 날의 두려움을 기억한다. 유언비어에 의해 한 번 약에 손을 대면 못 끊는다거나 무서운 부작용이 기다린다거나 하는 말들을 많이 들었던 터라 더욱더 그 두려움이 컸으리라 생각된다. 꼭 약까지 먹어야 하는 것인가? 물컵과 손에 쥔 약봉지를 번갈아 보며 한참을 멍하니 있던 그 날의 기억이 머릿속 저 끝에 선명하게 남아 있다.

하지만 나의 증상이 그냥 예민한 것이 아니라 치료하면 좋아질 수 있다는 희망에 처방받아온 약을 내 방 침대 옆에 가지런히 모셔 놨다. 알록달록한 그 빛깔이 참 영롱했다. 그런데 마치 불량 식품처럼 생긴 약을 주니 받아 오긴 했는데 그다음부터는 어찌해야 할지를 몰랐다. 어머니께는 뭐라고 말씀드려야 하나? 회사엔 뭐라 해야 하지? 모든 것이 조심스럽고 걱정스러웠다. 나를 미친 사람 취급하지는 않을까? 괜히 격리당하고 이상하게 생각해서 피하지는 않을까? 잡다한 걱정과 고민, 불안이 엄습했다.

'하나씩 천천히'

하나씩 천천히 하기로 했다. 제일 처음은 나 자신에게 내 병을 숨기지 않기로 마음먹었다. 그간의 힘듦을 '병'으로 인정받지 않았는가? 그간의 힘듦이 치료하면 나아진다고 하지 않았는가! 그럼 숨길 이유도 없고 숨길 필요도 없다고 생각했다. 그래서 나부터 당당하게 내 아픔을 밝히고 주변인들에게 도움을 받기로 했다. 그렇게 생각하니 하나씩 실마리가 풀리는 느낌이었다. 우선 회사에 알리기로 했다. 발급받은 진단서와 검사 기록지를 들고 파트장님을 찾아갔다. 그간의 힘들었던 이야기와 검사 기록지를 토대로 차근차근 내 이야기를 풀었다. 사실 가족이야 한없이 넓은 마음으로 감싸 안아줄 수 있지만, 회사는 이익을 내기 위한 집단이 아닌가. 그런 곳에서 내가 환자라고 이야기하는 것이 그리 쉬운 일은 아니었다. 두근거리는 마음과 초조함이 나를 감쌌지만 조금은 조심스럽게, 조금은 당당하게 이야기했다. 결과는 부분적 성공! 파트장님께서는 다행히 큰 거부감 없이 나의 이야기를 받아 주셨고 근무 시간과 통원 치료에 대해서도 적극적으로 지원해 주기로 하셨다. 어찌나 감사하던지, 조마조마하고 초조했던 마음이 사르르 녹는 기분이었다. 파트장님께 말씀드린 후 같은 사무실에 근무하는 팀원들에게는 하나하나 개별적으로 아픔의 사실을 알렸다. 집단생활이다 보니 아무래도 남을 통해 듣는 것보다 당사자에게 직접 듣는 것이 더 좋을 것 같아서였다. 선배들과 후배들 모두 하나같이 가족처럼 걱정해주는 모습에 울컥 눈물이 날 뻔했던 것도 사실이다. 다음은 친구들이었다. 그동안 예민한 성격 탓에 마음을 나누는 깊은 관계의 친구들은 손가락으로 셀 수 있지만, 그들에게도 역시 아픔을 이야기하는 것은 어려운 일이었다. 예민하고 자존심이 센 성격 탓에 누구보다 앞서가길 원했고 남들 앞에서는 완벽한 모습만 보여 주고 싶은 나였기에 아무리 마음속 깊은 이야기를 하는 절친한 사이라 해도 그동안 약한 모습을 보인 적이 없었다. 하지만 이젠 털어놓아야 한다. 이것 또한 나를 위한 길이고 나를 위한 방법이라고 생각해서 당장 실행에 옮겼다. 마침 때는 주말이었고 술 한잔을 핑계로 친구들을 불러 모았다. 어느 정도의 술기운을 빌려 입을 열었다.

"얘들아. 나 정신과 갔었는데 우울증이 심하대…."

말이 끝나자마자 장난스러운 육두문자가 오가고 원래 나사

풀린 것 같았다는 둥, 그럴 줄 알았다는 둥 장난과 조롱이 시작되었다. 그러길 얼마나 지났을까? 친구 놈 하나가 내 어깨를 툭 치며 말했다.

"힘내, 인마. 뭐가 그렇게 힘들었냐?"

그렇게 이야기하는데, 코끝이 찡해지면서 가슴속 저 밑에서부터 뜨거운 무언가가 올라오는 느낌이었다.

"그래, 고맙다."

회사, 친구들, 주변인들에게도 나의 아픔을 알렸으니 이제는 딱 하나만 남았다. 바로 가족이다.

'하아….'

아직도 그때를 생각만 하면 가슴이 저며 온다. 어쩌면 지금까지는 전초전에 불과했을지도 모른다. 건강한 줄만 알았던 서른 초반의 어엿한 아들이 다른 곳도 아닌 마음이 아프다고 이야기했을 때 내가 부모의 입장이라면 얼마나 가슴 아플지 상상조차 하기 싫었다. 그래서 가장 피하고 싶은 순간이었다. 하지만 피한다고 해결될 일은 아니었기에 조심스레 입을 떼기로 했다. 사실

더 조심스러운 이유는 내 우울증이 약간의 가족력을 의심할 수도 있는 부분이었기에 더욱 그랬다. 어머니도 십수 년 전에 우울증 치료를 받으신 적이 있다. 그 후로는 조금이라도 신경 쓸 일이 생기면 불규칙한 식사는 물론이거니와 며칠을 두통과 복통으로 힘든 시간을 보내시곤 한다. 그런 어머니께 내 아픔을 알리는 것이 나로서는 가장 큰 숙제이자 가장 큰 고민이었다. 병원 진료를 받고 얼마 뒤에 어머니와 함께 차로 2시간 거리를 이동할 일이 있어 그 순간을 노리기로 했다. 일부러 쓸데없는 잡담과 음악으로 분위기를 환기한 뒤에 이야기를 꺼내려는 찰나에 먼저 이야기를 꺼내 주신 분은 놀랍게도 어머니였다.

"병원에서 뭐래?"

짧은 한마디 안에 많은 것이 함축되어 있었다. 아무리 분위기를 환기해도 어머니의 마음속까지는 들어갈 수 없었던 것일까? 어머니의 물음에는 긴장도 있었고 걱정도 있었다. 여섯 글자의 말씀이셨지만, 그 안에는 60리의 깊음과 600t쯤 되어 보이는 무거움이 함께했다.

"스트레스를 좀 많이 받았대. 그래서 당분간 약을 좀 먹어야 한다네."

예상과 달리 큰 반응은 없으셨다. 의외였다. 무슨 말이라도 해 주시길 바랐는데 오히려 아무 반응이 없으니 조금은 섭섭한 느낌이 들기도 했다. 차마 우울증이라는 단어를 말하기엔 용기가 부족했던 것도 사실이었다.

그렇게 일을 마치고 돌아오는 차 안에서 서먹한 분위기를 전환하기 위해 휴게소에 들러서 커피를 마시기로 했다. 뜨거운 아메리카노를 받은 어머니의 손은 미세하게 떨리고 있었다.

"얼마나 안 좋대?"
"약을 오래 먹어야 한다니?"
"원인이 뭐래?"

쉴 새 없이 이어지는 질문에 정신이 아득해질 정도였다.
그리고 내 눈에 들어온 어머니의 눈물.

'그럼 그렇지. 우리 엄마가 그냥 넘어갈 사람이 아니지'

쉴 새 없는 질문에 100%는 아니지만, 차분히 대답해 드렸다. 사실 내 목표는 질문에 대한 대답이 아니라 어머니의 안정이었다. 다 큰 아들이 짐이 되는 것이 싫어 사실 말하지 말까 하는 생각도 했지만, 그것이 오히려 더 역효과일 것 같아 어느 정도의 선을 지키며 대답해 드렸다.

이윽고 어머니는 한마디를 하셨다.

"엄마 때문이니?"

머리를 무언가로 맞은 것처럼 뒤통수가 아팠다. 당신의 전력 때문에 물어보신 듯했다. 무슨 소리냐며 펄쩍 뛰었지만, 나 역시 우울증도 가족력이 있는지 의심하던 순간이라 그 질문에 대한 대답을 시원하게 해 드리지는 못했다. 사실 집안에 우울증으로 고생하는 사람이 있다면 가족들도 우울증을 앓을 확률이 높아진다. 암처럼 정말 유전자를 물려받아 가족력이 생기는 경우는 아니지만, 생활 습관과 패턴 그리고 환자를 보고 있노라면 자연스레 마음이 무거워지는 것은 당연한 일일 것이다.

한참을 휴게소 벤치에 앉아 진중한 시간을 보내고 다시 차에 올랐다. 언제나 누군가에게 약한 모습을 보이는 것은 어려운 일이다. 더구나 그 대상이 어머니라면 더욱더 그럴 것이다. 어머니는 이름만 들어도 가슴이 울컥해지는 세 글자가 아니던가. 차마 어머니께는 처음부터 자세하게 설명하지는 못했다. 그저 스트레스를 많이 받아서 그런 것이다. 약을 먹으면 나아질 것이라는 조금은 애매모호한 답변이 내가 할 수 있는 최선이었다. 자연스럽게 천천히 아시게 되시겠지. 난 그것을 바랐다.

이제 모든 숙제를 마쳤다. 누나와 매형에게도 연락했고 모든 숙제가 끝난 느낌이었다. 딱 한 사람, 아버지를 제외하고는 말이다.

03 상처받은 내면아이 1

내가 초등학교에 다닐 때 우리 집은 내가 다니는 초등학교 후문에서 문구점을 운영했다. 가게와 살림집이 붙어 있는 구조였는데, 지금 생각해 보면 문구점 집에서의 좋은 추억보다는 안 좋은 추억이 더 많은 것 같다. 대부분 문구점 아들이나 슈퍼 아들이라고 하면 또래들에게는 동경의 대상이 되곤 했는데, 전국에 있는 모든 문구점 아들들과 슈퍼 아들들이 모인다면 그렇지 않다는 사실을 3박 4일쯤 이야기할 수 있을 것이다. 우리 집은 내가 아홉 살 때부터 중학교 1학년 때까지 꼬박 6년 동안 문구점을 운영했었는데 다시는 돌아가고 싶지 않은 시간이다. 그 이유야 너무도 다양하지만, 몇 가지만 나열해 보면 이렇다.

첫째로, 우리의 일거수일투족이 다 노출된다.

밥 먹을 때도 삼겹살이라도 먹을라치면 오는 손님마다 고기 먹냐는 것이 인사가 될 정도였고 가게에 딸린 좁은 주방에서 식사 준비라도 하고 있으면 오늘은 뭘 먹느냐고 물어보는 아줌마들이 괜스레 얼굴을 붉어지게 했다. 밥 먹는 것뿐만 아니라 방이 두 칸이었는데 각각의 문이 전부 가게를 향해 나 있어서 나와 누나가 쓰는 방에서 내가 낮잠이라도 자고 있으면 같은 반 친구들이 들어와서 깨우기도 했다. 초등학생이 무슨 사생활이냐고 하겠지만 그 당시 나에겐 사생활이란 꿈도 못 꿀 일이었다.

둘째로, 가게 개점과 동시에 우리의 생활이 시작되며 가게 문을 닫는 그 순간까지 깨어 있어야 한다는 것이다.

이 또한 불편함이 이만저만이 아니다. 난 지금 혼자 산다. 그때의 오기 때문인지 혼자 있는 순간에는 내 몸에 걸치는 옷가지가 몇 개 되지 않는다. 문구점을 운영할 당시에는 가게 개점이 아버지 출근 시간과 장사 준비로 인해 아침 6시경이었고 문 닫는 시간은 오후 9시 반쯤이었다. 나는 그 시간 내내 어머니의 가르침으로 깔끔한 옷차림을 하고 있어야 했는데 스트레스가 이만저만이 아니었다. 가게가 쉬는 둘째, 넷째 일요일을 제외하곤 늦잠은 꿈도 꿀 수 없었으며 잠시 어머니가 자리를 비우게 되면 어린 내가 가게를 봐야 할 때도 있었다. 난 공부를 썩 잘하는 편은 아니었는데, 핑계 아닌 핑계를 대자면 그 당시 공부할 수 있는 환경이 잘 조성되지 않아서였다고 생각해 본다(물론 100% 핑계다). 아무튼 모든 것이 노출되어 있던 그곳에서의 생활은 참으로 불편했던 기억이 있다.

셋째로는 가장 중요한 부분인데 위에서 언급했던 내용과 일맥상통하는 부분이다. 바로 꾸지람을 들을 때도 다른 곳이 아닌 가게에서 혼나야 했다는 것이다.

물론 손님이 없는 시간을 틈타 막간을 이용해 혼나긴 했지만, 그것이 비밀스러웠다면 얼마나 비밀스러웠을까? 동네 아이들은 가게 밖 멀리서도 내가 혼나는 것을 실시간 생중계로 지켜볼 수 있었고 어머니께 야단맞고 다음 날 학교에 가면 놀림거리가 되기 일쑤였다. 반대로 학교에서 무슨 일이 있다면 곧바로 어머니께 보고가 되어 집에 도착하기도 전에 다양한 소식통으로 이미 사건 접수를 완료하신 상태였다. 학교에서 친구끼리 싸울 수도 있고 선생님께 혼날 수도 있으며 좋아하는 여학생이 있을 수도 있는데, 그 당시 나와 어머니 사이엔 비밀이란 타의적으로 있을 수 없는 일이었다.

책을 쓰기로 마음먹으면서 우울증 관련 전문 서적 몇 권을 정독했다. 우리의 정서는 이미 태어나기 전에 어머니의 배 속에서부터 형성되기 시작하는데 자아 형성이 확립되는 청소년기에는 주변의 환경적 영향이 크게 미친다고 한다. 또한, 성인이 된 이후로 생긴 우울증의 상당 부분은 청소년기에 받은 수치심이 막대한 영향을 준다고 한다. 뒤에서도 이야기하겠지만 수치심 중독은 우리가 살아가면서 느낄 여러 감정 중에서 내 안의 내면아이를 가장 힘들게 할 부분이다.

이렇게 사생활 없이 누구에게나 오픈된 생활 중에 나에게 충격을 안겨준 몇 가지 사건이 있었다.

난 지금도 뷔페를 가거나 잔칫집에 가면 흔히 상에 오르는 삶은 오징어를 못 먹는다. 아니, 안 먹는다. 좀 더 솔직하게 이야기하면 쳐다보기도 싫다.

아홉 살 때로 기억한다. 그날도 역시 어머니는 가게에 딸린 작은 주방을 몇 번이나 들락날락하며 저녁 식사를 준비 중이셨다. 그날의 메뉴는 내가 당시 가장 좋아했던 삶은 통오징어였다. 지금도 횟집에 가면 기본 반찬으로 초장에 찍어 먹을 수 있게 잘 삶아진 오징어가 나오곤 한다. 어김없이 그날도 분홍빛의 군침 도는 오징어가 초장과 함께 상에 올랐다. 네 식구가 충분히 먹을 만큼 양이 많았던 것으로 기억한다. 어린 마음에 상에 올려진 김치며 콩자반, 오이소박이, 시금치 등은 보이지도 않았고 그저 오징어만 눈에 들어왔다. 밥 한술에 오징어 다리 하나, 밥 한술에 오징어 몸통 하나, 그렇게 한참을 행복하게 열심히 먹고 있는데 눈앞에 있던 접시가 갑자기 쓰레기통에 내던져지는 것이 아닌가! 아버지였다. 차마 어린아이에게 할 수 있을 거라고는 상상도 못 할 만한 육두문자와 함께였다. 다른 반찬은 먹지 않고 오징어만 먹는다고 접시를 집어 던진 것이었다. 지금 생각해 봐도 이해할 수 없다. 아홉 살의 어린아이가 좋아하는 반찬을 먹는 게 무슨 잘못이란 말인가? 설령 잘못이라 할지라도 음식이 담긴 접시를 쓰레기통에 집어 던지는 행동은 과연 아버지로서 모범적인 행동이었는지 의문이다.

앞서 나의 우울증 소식을 알리지 못한 한 사람이 아버지란 이유를 아마 이 사건을 통해 어느 정도 짐작하시리라 생각한다. 뒤에 아버지에 대해 자세한 이야기를 하겠지만 20년이 넘게 지난 지금도 그날의 충격은 쉽게 가시지 않는다. 그런데 문제는 여기서 끝이 아니었다. 우리 집은 오픈 하우스(?)이지 않은가. 오가는 육두문자 속에 때마침 들어온 같은 학년 친구와 그의 어머니가 그 광경을 목격한 것이었다. '세상에, 맙소사' 나의 수치심은 극에 달해 어디론가 숨고 싶었다. 하지만 이미 벌어진 일이었다. 나는 아무렇지 않은 척 안방을 나와 작은 방으로 향했다. 즐거워야 할 저녁 밥상을 앞에 두고 부모님은 크게 싸우셨고 아직도 비린내 나는 그날의 아픔이 지금의 나를 만들지 않았나 의심하고 있다. 나중에 건너 들은 이야기인데 아버지는 그렇게 하면 혼날 것을 두려워해 편식하지 않으리라고 생각했다고 한다. 혹 청소년기 자녀를 둔 부모님들께서 이 글을 보고 계신다면 이와 같은 방법의 결과물이 지금 나와 같다는 것을 염두에 두시길 바란다.

이것이 끝이 아니다. 설날이 다가오는 추운 겨울이었던 것으로 기억한다. 평소처럼 TV를 보다가 윷놀이하는 장면을 보게 되었다. 나는 어린 마음에 우리도 윷놀이하자며 부모님을 졸랐고, 흔쾌히 승낙을 받아냈다. 기분이 너무나 좋았다. 옷장 깊숙이 있던 윷도 꺼내고 바둑알로 말도 만들었다. 얇은 이불을 꺼내 윷이 굴려질 공간도 만들었고 모든 준비가 순조로운 듯했다. 이제 윷판만 그리면 바로 시작이었다. 그런데 아버지께서는 그 중요한 윷판을 나에게 그려 보라는 막중한 책임을 지워 주셨다. 달력 한 장을 뜯어 하얀 뒷면에 매직으로 그려 보라는데, 덜컥 겁이 났다. 그동안 윷판을 보긴 봤어도 한 번도 그려 본 적은 없던 11살 아이에게 하얀 달력 뒷면은 야속하기만 했다. 일단은 호기롭게 매직 뚜껑을 열고 정사각형에 비슷한 위치로 4개의 점을 찍었다. 지금 이 글을 읽는 분 중에는 윷판 그리는 것이 뭐가 어렵나 하시는 분도 있으시겠지만 11살 아이에게 A4 용지도 아닌 전지 크기의 달력 뒷면은 너무도 광활하고 나의 시야를 벗어난 그 무엇이었다. 부모님의 크나큰 관심 속에서 한 점, 한 점을 찍을 때마다 날카로워지는 아버지의 음성을 느낄 수 있었다.

"거기가 맞아?"
"똑바로 좀 해 봐, 인마."
"그게 가운데야?"

많이 순화해서 그렇지, 이 대화 중간마다 역시 육두문자가 있었다. 난 더욱더 주눅 들었고 순식간에 도화지에 점도 못 찍는 낙오자가 되었다. 내가 원망스러웠다. 괜히 윷놀이하자고 해서 이런 사단을 만드나 싶어 나 자신이 정말로 원망스러웠다.

어찌어찌하여 결국 윷판은 완성되었고 즐거우면서도 마냥 즐겁지만은 않은 윷놀이가 시작되었다.

어렸을 적의 나는 다른 친구들도 다 이렇게 사는 줄 알았다. 밥 먹다가 접시가 쓰레기통으로 날아가고 재밌는 놀이를 할 때도 욕을 먹으며 다들 그렇게 사는 줄 알았다. 그런데 그날들의 수치심이 지금까지 남아있는 것을 보면 그것이 평범하지는 않았던 것 같다.

겉으로 티 내지 않은 내면아이의 상처는 보기보다 꽤 오래 간다. 그리고 긴 잠복기를 거쳐 10년이 지나고 20년이 지나, 어쩌면 평생 동안 내 마음속 깊은 곳에 자리 잡고 있다. 그때는 몰랐다. 모든 것이 내 잘못인 줄만 알았고 내 탓인 줄만 알았다. 상처받고 힘들어하는 그 마음이 모두 내 과오인 줄만 알았다. 이제 와서 생각해 보니 지금까지 잘 버텨준 내게 감사할 뿐이다.

이외에도 비슷한 일들은 너무도 많았다. 아버지는 항상 술과 함께였고 그 정도가 심해지는 날이면 색색이 예쁜 볼펜들이 바닥에 나뒹구는 일도 허다했다. 다시는 돌아가고 싶지 않은 그 순간, 문구점 아들로서의 6년이다.

04 아버지

아버지에 관해 이야기한 김에 조금 더 풀어보려 한다. 노파심에 고백하자면, 나는 지금 우울증을 앓고 있고 굳이 지난 과거를 회상해 보니 부정적인 큰 사건들만 기억이 나서 그렇지, 지금도 우리 누나는 아버지께 잘하는 것을 보면 그렇게 나쁜 사람만은 아니라는 걸 알아주시길 바란다. 또한, 난 지금 여러 과정의 치료를 통해 아버지를 조금씩 이해하고 받아들이려고 노력하는 중이며 이제 거의 완성 단계에 있다는 것을 밝힌다.

모두 아버지란 단어를 들으면 어떤 생각이 떠오르는가? 자상함? 화목함? 인자함? 기둥? 가장 등 뭔가 집안의 대장부와 같이 말수도 적고 믿음직한 견인차 역할을 하는 존재, 집안에 없어서는 안 될 존재 등을 떠올리는 사람들이 대부분일 것이다. 뭐 나와 같이 그렇지 않은 경우도 종종 있겠지만 말이다. 앞서의 사건 —난 사건이라 일컫고 싶다— 처럼 좋지 못한 기억들을 가지게 해 준 덕분에 난 아버지에 대한 기억이 지금도 긍정적이지 않다. 내게 있어서 아버지는 솔직히 말해서 두렵고 조마조마하며 언제 터질지 모르는 시한폭탄과도 같은 존재이다. 밥을 먹을 때도, 집안 행사가 있어 차를 타고 이동할 때도 항상 불안하며 주위 사람들을 불편하게 하는 존재라고 각인되어 있다.

어릴 적에 겪은 수치심은 나이가 들어서도 인격 형성에 영향을 준다. 그것이 나처럼 우울증으로 나타난다든지 아니면 불안장애로 나타날 수도 있고 심하면 사이코패스의 시발점이 될 수도 있다. 그런 면에서 보면 나는 잘 풀린 케이스라고 할 수도 있겠지.

난 몇 년 전부터 아버지와 단절한 삶을 살고 있다. 같은 식탁에 앉아서 밥을 먹어도 한 마디도 이야기를 나누지 않는다. 나뿐만 아니라 아버지 당신도 마찬가지로 나에게 말을 걸지 않는다. 요즘엔 은근슬쩍 말을 붙여 보려 툭툭 던지지만, 불과 2~3년 전까지만 해도 한 달에 한 번 마주칠까 말까 하는 동네 어르신들보다 나누는 대화가 적었다. 아니, 없었다. 처음에는 그것이 오히려 편했다. 마주치지 않고 대화하지 않으니 부딪힐 일이 없었다. 그런데 시간이 지나고 내가 우울증이라는 것을 알게 된 후에는 그것이 내 병을 더 키우고 있다는 것을 느꼈다. 가끔 사람들이 아버지와 닮았다거나 하는 행동이 똑같다고 할 때면 소름이 돋을 만큼 오싹하다.

단절한 삶을 살고 있다고 하면 많은 사람이 어떻게 그럴 수 있냐고 되묻는다. 나라고 해서 그러고 싶어서 그랬겠나? 이 또한 큰 계기가 있었다.

봄이 오는 소식이 들려오던 느지막한 겨울로 기억한다.

나에게는 고모가 딱 한 분 계신다. 지금은 오랜 암 투병으로 인해 이 세상에 계시진 않지만, 언제나 내 마음속에 인자한 웃음과 푸근함으로 함께해 주시는 분이다. 고모의 투병이 깊어지던 날이었다. 어머니와 나 그리고 아버지가 고모 댁으로 병문안을 다녀왔다. 10년을 넘게 암 투병으로 고생하신 고모의 모습은 모두의 눈시울을 붉히게 만들었다. 예전보다 왜소해지시고 행동과 걸음이 힘들어 보였으며 머리숱은 물론이고 눈썹도 많이 빠져 보이셨다. 누가 봐도 중증환자의 모습이었다. 앞에서는 아무렇지 않은 척하며 부모님도, 나도 평소처럼 웃고 떠들었지만, 돌아오는 차 안에서는 누구도 말할 수 없는 무거운 분위기였다. 심지어 어머니는 눈물까지 보이셨으니 평소 감정 표현이라고는 조금도 느낄 수 없던 아버지 역시 당신 동생의 모습을 보고 흔들리지 않았으리라 누가 장담하겠는가. 우리는 그렇게 무거운 마음으로 집으로 돌아왔다. 예기치 못한 또 하나의 사건은 이때 터졌다.

냉랭하고 무거운 분위기, 누구도 함부로 입을 열 수 없는 기운이 집 안을 맴돌았다. 그 기운이 싫었는지 아버지는 괜스레 어머니께 이런저런 잔심부름을 시켰다. 그리고는 마지막 묵직한 한 방.

“커피 좀 타 봐.”

방금 전까지 울었다. 고모의 아픈 모습을 보고 마음이 아파 방금 전까지 차 안에서 울며 집으로 왔다. 그런데 잔심부름까지 모자라 커피를 타라고? 우리 어머니는 부처가 아니다. 그래도 결국 구시렁구시렁 커피잔이 아버지께 도착했다. 조금(?)의 짜증과 함께. 커피잔이 아버지께 도착하자마자 마치 야구 경기를 보듯 커피잔은 세차게 거실 테이블 위에 던져졌다. 하필 거실 테이블이 유리일 것은 뭐람. 와장창! 소리와 함께 거실에 있던 유리 테이블은 커피잔과 부딪히자마자 산산조각이 났고 두꺼운 유리 조각이 깨지는 소리는 가히 우렁찼다. 그 소리와 함께 불붙은 부모님! 평소 같았으면 한참을 서로 으르렁거리셨겠지만, 그날은 달랐다. 어머니가 갑자기 거친 숨을 몰아쉬더니 그대로 쓰러지시는 게 아닌가!

나는 어찌할 바를 몰랐다. 아버지가 버럭 소리를 지르고 현관문을 '쾅' 닫고 나간 찰나의 순간에 일어난 일이었다. 다행히 내가 옆에 있어서 머리가 식탁에 부딪히는 것은 막을 수 있었지만, 쓰러진 어머니는 팔다리를 부들부들 떨며 금세 얼굴까지 붉어졌다. 그리고 다시 하얗게 변해 버렸다. 너무나 당황스럽고 무서웠다. 금방이라도 무슨 일이 일어날 것만 같은 느낌이었다.

"119! 119!"

급히 119에 전화했고 몇 분 지나지 않아 구급대원들이 집에 도착했다. 그들은 난장판인 거실을 보자마자 이런 일이 한두 번이 아니라는 것을 벌써 눈치챈 느낌이었다. 어머니는 들것에 옮겨져 구급차를 탔고 나도 대동했다. 순간적인 과호흡이 원인이었다. 응급실로 옮겨진 어머니는 차디찬 응급실 침대 위에서 한동안 서너 개의 링거와 함께 안정을 취하신 뒤에야 집에 올 수 있었다.

과연 보통 사람이 살면서 119에 전화하는 일이 몇 번이나 있을까? 더구나 그것이 내 가족과 관련된 일로 전화하게 되는 것은 과연 얼마나 될까? 나는 한 손으로는 어머니를 부둥켜안고 한 손으로는 전화기를 들고 소리 지르며 이성을 잃은 내 목소리가 빨리 전달되기를 바라며 전화기를 손에서 놓지 못했다. 그때 알게 된 응급 처치 방법이 있다. 과호흡이라 판단되었을 때는 환자의 입에 비닐봉지를 씌우라는 거다. 과호흡은 1분당 30회가 넘게 호흡하며 체내 이산화탄소량이 부족해지고 혈액이 알칼리화되는 것을 말하는데, 이런 현상이 지속되면 흉통과 부정맥이 발생하고 심한 경우에는 심장마비까지 올 수도 있다고 한다.

이런 응급 처치까지 알게 해 준 사건이니 어쩌면 고마워해야 하나?

그날이 마지막이었다. 내가 아버지와 정상적인 대화를 한 것이.

응급실로 이동하는 구급차에서, 또 응급실에서 집으로 돌아오는 택시 안에서 별의별 생각을 다 했다. 차마 글로 표현할 수 없는 생각도 있었지만, 정말 만감이 교차하는 순간이었다. 그렇게 집에 돌아와 난 아버지와 단절한 삶을 살고 있다. 그것이 벌써 4년 전쯤의 일이다.

같은 공간에서 말하지 않고 지낸다는 것이 얼마나 고통스러운 일인지 경험해 본 사람은 알 것이다. 하지만 그 고통을 뛰어넘는 거부감이 내게 있었다.

솔직한 말로 그동안 한 번씩 이런 사건들이 있을 때마다 내 마음속에는 이런 생각이 들었다.

'차라리 낳지를 말지'

하지만 어쩌면 이런 환경이 잡초와 같은 지금의 나를 만들었으리라 생각한다. 투 잡, 쓰리 잡을 하며 생계를 유지하고 좀 더 나은 나를 위해 악착같이 한 발씩 나아가는 지금의 나를 만든 것이 어쩌면 아버지의 힘이었을 수도 있다. 그 때문에 한편으론 고맙고 한편으론 안타까운 애증의 관계라고나 할까.

가끔 그런 꿈을 꾼다. 라탄 피크닉 가방에 샌드위치와 과일을 싸서 알록달록 돗자리를 펴고 하하 호호 즐겁게 소풍을 즐기는 그 날을.

그런 날이 올 수 있을지는 모르겠지만, 난 지금도 그런 날들을 꿈꾸고 있다.

05 상처받은 내면아이 2

보통 청소년기는 학자별로 규정짓는 나이가 각기 다르지만, 우리나라의 「청소년기본법」에서는 9세부터 24세 이하로 명시하고 있다. 청소년기는 자아 발달과 더불어 사고 발달에 아주 중요한 역할을 하며 이때 형성된 자아는 성인기까지 지대한 영향을 준다.

내가 계속 청소년기의 자아 형성에 중점을 두는 이유는 내 아픔이 그곳에서부터 시작했다고 생각되기 때문이다. 적어도 나와 같은 경우가 다시는 없었으면 하는 바람에서 이렇게 다시 한번 키보드를 두드린다. 물론 나의 우울증이 전적으로 아버지의 영향 때문만은 아니다. 사회생활을 하며 직장에서 받은 스트레스도 한몫했고 교우 관계, 미래에 대한 불안감, 성격 기질 역시 내 우울증에 큰 지분이 있다. 그런데도 내가 아버지와의 관계에 이렇게 집착하고 청소년기의 중요성에 대해 열변을 토하는 이유는 하나다.

'바로 거기서부터 시작했기 때문'이다.

우리는 어려서 기초가 탄탄해야 건물도 잘 지어지고 사람 관계도 깊어지며 공부도 잘된다고 귀에 못이 박힐 정도로 들어왔다. 맞다. 기초가 탄탄해야 한다. 무엇을 하든 그 기초를 다지는 것은 올바르며 정확해야 하고 무엇으로든 보호받아야 한다.

나는 제빵이 취미이다. 빵을 만들 때는 무엇보다 계량에 신경 써야 한다. 1g, 1분, 1cc 차이라고 무시했다가는 분명 정체불명의 결과물을 만나게 될 것이다.

빵만큼은 아니더라도 기초와 기본의 중요성은 백 번 말해도 안 아까울 정도로 중요하다.

지금부터 또 하나 나의 경험을 이야기해 보려 한다. 오징어 사건과 윷놀이 사건, 어머니 응급실 사건의 후속작이라고 하면 될 듯하다.

우리 집은 주택이다. 신축 건물은 어떤지 몰라도 구 가옥은 보일러의 '목욕' 버튼을 눌러야 온수가 나온다. 그래서 씻기 5분 전쯤에 보일러의 목욕 버튼을 누르고 기다렸다가 온수가 나오면 재빨리 씻고 나와서 몸에 있는 물기도 다 닦기 전에 안방에 있는 보일러 제어기로 달려가 온수를 꺼야 한다. 만약 이 동작이 느리면 그날은 나름의 각오를 해야 하는 날이다. 아버지는 절약 정신이 투철하시다. 그 때문에 전기, 가스, 기름, 하다못해 휴지 사용량까지 매의 눈으로 관찰하신다. 어렸을 적 가난했던 기억 때문이라고 하시는데 가족들 모두 좀 과하다고 느낄 때가 종종 있다.

그날도 평범한 주말이었다. 나는 중학생이었고 기말고사 준비를 위해 주말에도 학원에 나가서 오후가 돼서야 집에 오는 생활을 하고 있었다. 당시 부모님은 함께 자영업을 하셨는데 출퇴근 시간이 비교적 자유로웠기에 번갈아 가며 사무실을 오가셨다. 오후 5시쯤인가, 학원을 마치고 배고픈 상태로 집에 들어가는데 멀리서 본 우리 집의 분위기가 뭔가 느낌이 안 좋았다. 닫혀 있어야 할 현관은 활짝 열려 있었고 어둡지 않던 여름의 오후였음에도 외등이 밝게 빛나고 있었다. 올 것이 왔다 싶었다. 대문을 열고 2층이던 집의 계단을 한 칸씩 올라가는데, 집 안에 있어야 할 물건들이 계단에 나와 있는 것이 아닌가! 드디어 마주한 현관의 모습은 가히 환상적이었다. 신발장에 있어야 할 신발은 바닥에 나뒹굴고 폭격이라도 맞은 듯이 온 옷가지와 가재도구들이 방바닥에 자리 잡고 있었다. 아직도 그날 어머니의 눈물이 선명하게 기억난다. 밤이 되어서야 집은 안정을 찾았고 난 어머니께 넌지시 그날의 사건 발단에 관해 물었다. 그리고 적잖은 충격을 받을 수밖에 없었다. 이유는 화장실의 전구였다. 어머니가 바쁘게 나가시느라 화장실의 불을 못 끄고 나갔는데 아버지가 들어와서 보니 사람 없는 화장실에 불이 밝게 빛나고 있더란다. 그래서 온 집 안의 전등을 다 켜고, 한여름임에도 보일러를 최고 온도로 높여 놓고 온 집 안을 쑥대밭으로 만들었다는 것이 그날 사건의 전모였다.

그땐 어려서 몰랐다. 그것이 상식 밖의 일이고 지금 같아선 문제를 크게 만들 수도 있을 만큼 엄청난 일이라는 것을 나는 몰랐다. 그저 눈물을 훔치며 나뒹구는 가재도구를 정리하는 어머니를 돕는 게 최선이라고 생각했을 뿐이다.

그 후 난 집에 들어오는 대문을 열기가 무섭고 두려워졌다. 혹시나 내가 없을 때 또 무슨 일이 있지는 않을까 걱정되었다. 물론 이런 일들이 한 번으로 끝나진 않았으니 지금까지 그 쓸데없는 걱정이 관철되었겠지. 아직도 밖에 나가면 집 걱정이 된다. 그래서 조바심이 나고 그래서 자꾸 눈치를 보게 된다.

기초가 중요하다는 말을 다시 한번 강조한다. 자아 형성이 올바르게 되어야 할 청소년기에 난 거칠게 자라왔다. 차마 내 자존심상 쓸 수 없는 이야기가 아직 수도 없이 많지만, 지금 밝힌 일부의 이야기가 중간 정도의 단계라면 조금은 내 마음을 이해하기 쉬울까? 그때부터였던 것 같다. 눈치 보고 주눅 들며 애써 밝은 척, 또 아무렇지 않은 척해 왔지만, 아직도 나의 내면아이는 상처받고 슬퍼하고 있다.

원망도 해 보고 소리도 질러 봤다. 무릎을 꿇고 부탁도 해 보고 애원도 해 봤지만 달라지는 것은 없었다. 그래서 남들보다 일찍 커 버린 것 같다. 상처받은 만큼 키가 컸으면 좋았으련만 마음만 커진 것 같다. 그나마 다행인 것은 어머니에 대한 애착이 있다는 사실이다. 그마저 없었다면 나도 TV 속에나 나올 법한 비행 청소년으로 자라지 않았을까?

우리 어머니는 57년생 닭띠이시다. 150㎝ 정도의 아담한 키에 오목조목 웃는 모습이 아름다운 애교 많고 소녀 같은 분이시다. 내가 언제인가부터 집 안의 공기에 따라 눈치를 보기 시작하면서 가장 먼저 관찰하게 된 것은 어머니의 표정이었다. 난 지금도 어머니의 표정만으로도 어디가 아프신지, 어디가 불편하신 건지 단번에 알아맞힐 수 있다. 적중률 90%로!

이 정도의 애착이 있으니 아버지의 과격한 행동에도 어머니만 보며 자라 왔다. 그래서 지금도 어머니의 건강에 이상이 있다고 하면 열 일을 제치고 보호자를 자처한다. 요즘은 이곳저곳 많이 아파하셔서 마음이 아주 속상하다.

혹자는 이야기한다.

"야! 이런 집 많아! 네가 예민한 거야!"

그럴 수도 있겠지. 그런데 내가 이토록 소중하게 여기는 어머니께 그때 아버지의 행동은 내 마음에 못을 박기에 충분했다.

그날도 평범한 날이었다. 누나와 나는 저녁 늦게 집에서 TV를 보고 있었고 부모님은 모임에 나가셨다. 일상적인 일이라 크게 신경 쓰지 않고 누나와 둘이서 저녁을 먹고 시간을 보내고 있었는데 얼마나 지났을까? 별안간 현관문이 벌컥 열리더니 아버지가 들어왔다.

"네 엄마 어디 있어?"

술에 취한 듯한 아버지는 도끼눈을 뜨고 우리에게 어머니를 찾았다. 같이 나간 사람의 행방을 우리에게서 찾으면 어쩌란 말인가? 아직 집에 안 왔다고 누나가 이야기하자 육두문자와 함께 냉장고에 있는 소주 한 병을 꺼내서 벌컥 들이켰다. 그때만 해도 술맛을 몰라 벌컥 들이키는 모습이 그리 대단해 보이지는 않았지만, 쓰디쓴 알코올의 맛을 알고 있는 지금에 와서 그때의 상황을 돌이켜보니 '병나발'이라는 것이 쉬이 할 수 있는 일은 아니다. 그렇게 소주 한 병은 아버지의 목구멍으로 빠르게 넘어갔다. 그리고는 주방에 걸려 있던 식칼을 들고 안방으로 향했다. 아무리 과격한 행동을 많이 했다지만, 그동안 사람에게는 손대지 않았기에 그것은 다행이라 생각했는데 식칼을 들고 안방으로 들어가는 모습에 누나와 나는 너무도 놀라 사지가 경직되는 느낌이었다. 그런데 그 뒤의 행동이 날 더욱더 충격에 빠트렸다. 장롱 속에 있던 어머니의 베개를 그 식칼로 사정없이 찢어 놓더니 그 중간에 칼을 꽂아 놓고 다시 밖으로 향하는 게 아닌가. 지금 이 순간에도 그때의 일을 떠올리면 손발이 부들부들 떨린다. 중학교 2학년 어린아이가 받아들일 만한 정도의 충격은 아니었으리라.

사건의 발단은 이러했다.

부부 모임에 나가서 저녁을 먹던 도중 먼저 집으로 가자는 아버지의 말에 어머니가 본인은 조금 더 있다가 갈 테니 먼저 집으로 가라고 했던 것이 화근이었다. 내가 중학교 2학년이고 누나가 고등학교 2학년이니 거의 20년을 함께한 부부가 자리에서 함께 일어나지 않았다는 이유로 칼을 든다는 것이 평범한 가정에서는 가능이나 했을 법한 일인가 싶다.

'내가 그토록 믿고 의지하고 사랑하는 어머니의 베개에 칼이라니….'

그런 충격 속에서 나는 잡초처럼 버티고 버텼다.

내가 삐뚤어지면 불쌍한 어머니는 누굴 보고 살아가실 것인가. 그래서 나는 더 열심히 살 수밖에 없었다. 더 착하게 살 수밖에 없었다.

그런데 문제는 사람의 감정이라는 것이 때로는 화도 내고 싫은 것도 표현하고 해야 하는데 항상 좋은 모습만 보이려고 하다 보니 제대로 화내는 방법을 못 배웠다는 사실이다. 화낸다고 하면 물건을 집어 던지는 것밖에는 보지 못했으니 어떻게 화를 내고 싶은 표현을 해야 하는지 그것이 지금도 어렵다.

전공 서적을 뒤져 보니 영유아기 때 부모가 사고 예방을 위해 아이에게 무조건 하지 말라고만 얘기하면 아이의 정서 발달에 악영향을 준다고 한다. 또한, 우는 아이를 혼내기만 하면 우는 아이는 그것이 잘못된 것인 줄 알고 감정 표현에 미숙해진다고 한다.

내가 왜 그토록 청소년기의 자아 형성에 대해 열변을 토했는지 이해하셨으리라 생각한다. 미래의 예비 부모 혹은 청소년기의 자녀를 둔 부모님이시라면 자녀의 자아 형성이 올바르게 될 수 있도록 도와주시길 간곡하게 부탁드린다.

나와 같은 사람이 더 이상 생기지 않도록….

06 부작용

'어지럽다. 세상이 빙글빙글 돌고 두통이 점점 심해진다. 속은 매스껍고 당장이라도 속에서 무언가 올라올 것만 같다. 팔다리에 기운이 없고 온몸이 누군가에게 두들겨 맞은 것처럼 살갗이 아프다. 샤워기의 물줄기마저 고통스럽게 느껴진다'

수면 내시경을 끝내고 난 뒤의 느낌이다. 정신이 몽롱하고 마취제를 맞은 것처럼 졸음이 쏟아진다. 차로 1시간 정도 걸리는 출근을 2시간이나 걸려 도착했다.

부작용이다.

30여 년을 살면서 먹은 약을 총량으로 따져 본다면 아마 거짓말 조금 보태서 이만한 상자로 하나쯤은 될 것이다(상자의 크기는 상상에 맡기겠다). 나는 그 많은 양의 약을 먹으면서 한 번도 부작용이란 것을 겪어본 적이 없다. 기침이 나면 기침약, 콧물이 나면 콧물약, 심지어 한약을 먹으면서 금기시되는 밀가루와 술을 같이 먹어도 부작용이라고 생각될 만큼 힘들었던 적이 없었는데 정신과 약은 나에게 무서우리만큼 여러 번의 부작용을 가지고 왔다.

보통 사람들이 생각하는 정신과 약이라고 하면 눈의 초점을 흐리게 하고 침을 흘리게 하며 한 알만 먹어도 금방 중독되는 것, 혹은 TV에서처럼 손을 부들부들 떨고 구석에 웅크리고 앉아 머리를 감싸 쥐고 극심한 불안을 느낄 때 흰색 통에서 우르르 쏟아서 입속에 털어 넣으면 금방이라도 깊은 한숨과 함께 증상이 완화되는 그런 것들을 많이 생각할 것이다. 그리고 마치 정신과 약을 먹으면 금방이라도 바보가 되고 일상생활에 지장을 주며 약을 끊었을 때 미치광이가 되는 그런 상상 속의 위험한 것으로 생각하는 것이 일반적이지 않을까 싶다. 왜냐하면 나 역시도 내가 정신과 약을 먹기 전에는 지금 열거한 것보다 더 심하게 생각했을 정도니까.

그래서 나도 처음에 정신과 약을 받아들고 한참을 고민했다.

'내가 정말 미친 건가?'
'꼭 약까지 먹어야 하나?'
'약을 안 먹을 수는 없을까?'

아마 정신과 약을 처음 받아드는 사람들은 모두 나와 같은 생각을 할 것이다. 또는 이러한 거부감으로 치료 시기를 놓치기도 한다는 이야기를 전문가를 통해 들은 적이 있다.

결론부터 이야기하면 정신과 약이라고 해서 어떤 종류든지 사람을 힘들게 하는 것은 아니다. 다만 호르몬을 조절하는 역할을 하다 보니 기분을 끌어올려 준다거나 가라앉혀 주는 역할을 하므로 외적으로 보이는 부분이 조금은 멍한 것처럼 보일 수도 있을 것이다. 예를 들면 나의 경우엔 항상 하던 일들이 어색하게 느껴지고 자동차 주차 위치를 깜빡하며 순간순간 '내가 지금 여기서 뭘 하고 있지?'라는 생각이 종종 들곤 했다. 또한, 반복적인 일상의 순서가 뒤죽박죽되고 무기력감이 심해져 활동에 제한이 생겼다. 그러니 주변에서 이를 보는 사람은 걱정의 눈길을 보내는 것이 당연했을 것이다. 여기서 나의 처방 약을 하나하나 나열하는 것은 의미가 없는 것 같아서 전체적으로 내가 느낀 부작용을 이야기해 보려 한다.

나는 정신과 약에 유독 예민한 케이스였다. A라는 약이 10명의 사람에게 처방했을 때 8~9명에게 효과가 있다면 나는 나머지 1~2명에 속했다. 그 때문에 나의 담당 주치의 선생님은 다른 환자에 비해 약 처방에 상당히 고생했으리라 짐작한다. 내가 1~2명의 확률에 포함되는지 어떻게 알았냐고? 약을 먹어 보고 앞서 이야기했던 것과 같은 부작용을 겪었기 때문이다.

처음에는 그것이 부작용인 줄 몰랐다. 갑자기 기분이 주체할 수 없을 정도로 가라앉아 세상 모든 것에 비관적이 되고 모두가 날 욕하는 느낌이 들었다. 사무실에 앉아 있는데 손발이 떨리고 가슴이 두근거리며 극단적인 생각을 할 만큼 모든 것이 힘들었다. 그것이 내가 경험한 첫 번째 부작용이었다. 퇴근하자마자 두근거리는 마음과 떨리는 손으로 겨우겨우 병원을 찾아 응급조치를 받았다. 나는 그때 정신과 병원에도 주사실이 있다는 것을 처음 알게 되었다. 30분 정도 링거를 맞고 나니 술에 만취한 듯 비틀거리고 속이 울렁거렸지만, 자살 충동은 사라졌고 기분은 평온함을 되찾았다. 이후에도 이와 비슷한 부작용으로 3~4회 정도의 응급상황을 맞이했고 그때마다 병원 회복실에서 급성 불안, 급성 홍분, 급성 조증 등에 사용되는 '아티반 주사'의 도움을 받아야만 했다. 그 당시 상황을 글로 표현하려니 지금도 속이 울렁거리는 듯한데, 심한 뱃멀미를 하는 느낌이다.

그런데 이것은 생각과 다르지 않던가? 한 알만 먹어도 금방이라도 기분이 좋아질 것만 같아 모든 위험 부담을 감수하고서라도 약의 도움을 받으려 했던 것인데, 약을 먹었는데 더 힘들어진다니 이건 무슨 경우란 말인가. 그래도 약을 꾸준히 먹어보기로 했다. 자의적인 마루타가 되어 나에게 맞는 약을 찾으면 내 병도 쉽게 좋아질 수 있으리라는 기대와 희망 때문이었다.

사실 주치의 선생님을 통해서 들은 바로는 나와 같은 부작용은 종종 있는 일이지만 보통의 경우에는 두 번 정도 약의 부작용을 겪으면 치료를 중도에 포기하는 경우가 많은데 나는 치료에 대한 의지가 강해서 그렇지 않은 것이 다행이라고 했다. 나는 그만큼 빨리 낫기를 간절히 바라고 있었다.

정말로 간절했다.

진심으로 낫고 싶었다.

무거운 마음으로 힘든 삶을 살며 하루하루의 고비를 넘기기엔 해 보고 싶은 것도, 해야 할 것도 너무나 많았다. 그래서 나는 좀 더 치료에 집중하기 위해 회사를 쉬고 있다.

한 번씩 심한 부작용이 와서 잘못된 생각이 들 때마다 어머니를 생각했다. 내가 삶을 놓칠 수 없는 유일한 이유이기 때문이다.

지금도 가끔 부작용과 금단 증상으로 병원을 찾아 도움을 받고 있다. 생각보다 본인에게 맞는 약을 찾지 못해서 증상이 더 악화되거나 상태의 호전이 느린 경우가 많다. 난 그럴 때면 본인에게 가장 소중한 한 가지를 생각해 보라고 권하고 싶다. 겪어 보니 부작용이 온 그 당시에는 창문만 바라보게 되고 극단적인 생각에 몸서리칠 만큼 다른 아무것도 보이지 않기 때문에 나에게 가장 소중한 것이 무엇인지 잊어버리기 쉽다. 나의 경우엔 극단적인 생각이 들 때마다 일부러 누나와 어머니에게 연락했다. 힘들다고 이야기한 것이 아니라 평범한 일상의 대화를 이어 나가다 보니 그 지하 터널 속 어딘가에 있던 기분이 조금씩 올라올 수 있었다. 한 배에서 나온 형제도 제각각인데, 어찌 수십 가지 약의 조합이 나에게 딱 맞을 수 있을까? 조금은 긍정적인 시선으로 바라보니 뱃멀미처럼 힘든 부작용도 어느 정도는 참을 수 있게 되었다.

하지만 나의 경우가 유달리 특별한 경우이고 보통의 경우에는 약의 도움을 받아서 삶의 질이 나아지는 경우가 많으니 두려움 없이 처방받기를 권한다.

07 배부르 '약'

주방이 뜨거운 열기로 가득 차 있다. 가스레인지 위에는 몇 시간 전부터 양동이만 한 들통이 올라가 있고 그 안에는 돼지인지, 소인지 알 수 없는 뼈다귀가 뽀얀 국물을 내며 팍팍 끓고 있다. 덕분에 온 집 안이 고소한 냄새로 가득 차 있다.

오랜만에 사골곰탕을 먹는다.

한국인은 밥심이 아니던가! 마음을 치유하려면 몸도 건강해야 한다. 고로 잘 먹어야 한다는 말이다.

식탁 위에는 고춧가루가 섞인 소금과 새끼손톱만 한 크기로 썰어놓은 파가 올라와 있고 평소보다 크고 두꺼운 사기그릇에 뽀얀 국물과 풀어질 대로 풀어진 고기 살점이 담겨 내 앞에 놓였다. 이제 온종일 고생하신 어머니의 노고를 느낄 시간이다. 숟가락을 들어 국물 한 숟가락을 먹어 보고 소금을 넣는다. 소금을 넣고 간을 보기를 반복하며 조금씩, 조금씩 그 양을 늘려 최적의 상태로 간을 맞춘다. 이것이 우리가 곰탕을 먹는 방법일 것이다.

이렇게 장황하게 사골곰탕의 시식법을 이야기하는 데는 다 이유가 있다. 하물며 곰탕 한 그릇의 간을 맞추는 데도 조금씩 소금의 양을 늘려 가는데 그것이 약이라고 다르겠는가! 오히려 더 조심스러우면 조심스러웠지, 처음부터 증상에 따른 정량을 처방받지는 않는다.

처음에는 약의 적응부터 시작해서 차차 환자의 상태와 호전도를 보며 늘려가는 방법으로 처방을 받는다. 그러나 앞서 이야기했듯이 나는 약에 거부반응이 심한 편이어서 약을 처방받는데 꽤나 고생했다. 또한, 약의 효과를 정확히 발휘할 수 있는 정량을 못 쓰는 약도 있어서 약을 처방해 주시는 주치의 선생님은 더 고심하셨으리라고 생각된다.

처음에 병원은 5일에서 일주일에 한 번씩 내원했는데 방문 때마다 약의 가짓수가 하나둘씩 늘어갔다. 모양과 색깔은 마치 불량 식품처럼 알록달록했고 이 정도만 먹어도 효과가 있을까 싶은 정도로 티끌만 한 약도 있었다.

그런데 문제는 내가 약에 예민하다 보니 A라는 효과를 보기 위해 부작용 없는 약을 골라 쓸 수밖에 없었고 대체되는 약의 부작용인 어지럼증, 변비, 위장 장애 등을 막기 위해 보조제를 함께 처방받다 보니 약이 점점 늘어 갔다는 것이다.

보통 내과나 이비인후과에서 감기약을 처방받으면 처방전에 5줄 정도 알 수 없는 약의 이름이 쓰여 있을 텐데 나는 처방전의 한 면을 채우고도 모자라 두 장의 처방전을 받아 나온 적이 종종 있었다. 그럴 때면 마음 한쪽이 무거워지곤 했다.

'두 장의 처방전이라니'

살면서 같은 병원에서 처방전을 두 장씩 받는 경우가 얼마나 될까? 터질 듯한 약봉지를 보면 마치 정말 중증의 불치병을 앓고 있는 환자처럼 느껴지기도 했다. 한 번에 먹는 약의 숫자가 20알을 넘겼으니 약만 먹어도 배부를 것 같다는 이야기가 나올 법도 했다.

약의 개수가 주는 중압감이라고 할까? 한 알씩 늘어갈수록 왜인지 증상은 더 악화되어 가는 듯했다.

20알이 넘는 약을 먹으면 극적으로 기분이라도 날아갈 듯 좋아져야 할 텐데, 그런 것도 없이 그저 지하 속 어딘가에서 끝없는 터널을 계속해서 걷고 있는 느낌이었다.

분명 문제였다.

약을 먹어도 부작용 때문에 문제이고, 약을 안 먹어도 금단 증상으로 문제라면 무언가 다른 해결의 실마리를 찾아야 하는 것이 불가피해 보였다. 그 순간순간이 너무도 고통스러워 나 스스로 정신과 병동 입원 치료를 알아보는 단계까지 이르렀다면 당시의 내 마음이 조금이나마 전달될까?

그래서 근래에 주치의 선생님과 심도 있는 대화를 나누었다.

결론은 약을 천천히 줄이기로 했다. 무엇이든 도박이었다. 한 움큼이나 되는 약을 먹으면서도 큰 효과를 보지 못해 전전긍긍한다면 뭔가 역치 이상의 더 센 약을 써서 상황을 지켜본다거나 아니면 그 반대로 천천히 약을 줄여 보면서 나의 기분과 상황을 지켜봐야 했다.

뭐든 변화가 필요했다. 주치의 선생님과의 무거운 대화를 통해 장기간에 걸쳐 조금씩 약을 줄여가며 상황을 지켜보기로 했다. 노파심에 이야기하자면 혹시나 나와 같은 선택을 하는 사람들은 꼭 담당 주치의 선생님과 상의 후 천천히 약을 줄여가길 바란다. 나의 경우 앞서 이야기했듯이 무서운 금단 증상으로 자살 충동을 느낄 만큼 심각한 상태까지 갔었으니 말이다.

약을 줄이기 시작한 지 현시점으로 석 달이 가까워지고 있는 것 같다. 아직까진 비교적 견딜 만한 수준이고 아주 좋지는 않지만, 많이 가벼워진 느낌으로 생활하고 있다. 약을 끊는다고 해서 바로 몸 안에 있는 약효가 빠지는 것이 아니다. 약을 먹지 않은 시점으로 짧게는 일주일 정도 지나야 그 성분이 체내에서 사라지는 경우도 있다고 하니 아직 안심할 단계는 아니지만, 그래도 수많은 부작용과 무거운 느낌으로 터널을 지난다는 느낌을 조금 덜 받고 있으니 약을 줄인 선택에 대해서는 후회하지 않는다.

사실 약을 줄이면서 좋아진 부분이 하나 있다. 바로 '성욕'이다. 많은 사람이 알고 있는 정신과 약의 부작용 중 하나가 바로 성욕이다. 정신과 약을 먹으면 갑자기 성욕이 감소하거나 반대로 성욕이 갑자기 왕성해지는 것으로 알고 있는 사람이 종종 있을 것이다. 외설적이라 생각하는 사람들도 있을 테지만 30대 초반의 남자에게 성욕은 중요한 문제이다.

사람이 살아가면서 본인의 의지로 조절하기 힘든 것이 수면욕, 식욕, 성욕이라 하지 않았던가. 초반에 약을 먹었을 때는 그 어떤 자극에도 아무 감정도 들지 않고 신체적인 반응이 없어 날 더 불안하고 우울하게 만들었었다. 그래서 주치의 선생님께 상담한 적이 있다. 돌아온 답변은 내가 먹는 약 중 일부가 성욕을 감소시키거나 증가시키는 부작용이 있는데 나는 감소하는 경우인 것 같다는 이야기를 들었다. 일시적이라는 말에 안심할 수 있었지만, 아직도 못 미덥기는 하다. 아무튼 지금은 그 부분에서 불편함이 없어서 나름대로 잘 생활하고 있다. 이 글을 읽는 여러분 또한 약의 가짓수가 아픔을 빨리 잊게 해 주는 것에 반드시 비례하는 것이 아님을 안다면 치료에 좀 더 도움이 되지 않을까 싶다.

08 건강보험

"고객님. 이 코드는 지원이 안 되는 코드입니다."

국민건강보험공단에 이르면 2017년을 기준으로 우울증 때문에 병원을 찾는 환자의 수는 68만여 명이다. 내가 사는 지방 중소도시의 인구와 거의 비슷한 숫자가 우울증 때문에 그렇게 거부감이 드는 정신과 병원을 찾는단다. 이는 한국인이 가장 많이 걸린다는 '5대 암' 진료 환자 수인 64만여 명을 웃도는 수치이다. 비공개적으로 상담 치료를 받는다거나 병원 내원이 두려워서 혼자 고생하는 환자까지 생각하면 우리나라 인구의 상당수가 우울증으로 고생하는 것이다. 나 역시 내가 우울증인 줄 모르고 지내온 세월이 더 많았을 테니까 말이다.

이렇게 많은 사람이 무거운 마음의 병으로 고생하고 있는데 정작 그들에 대한 국가의 지원은 미비한 것이 사실이다.

많은 사람이 정신과 진료를 꺼리는 이유 중의 하나는 본인의 정신과 상담 기록이 타인에게 알려질까 두려워서이다. 나 역시 처음 내원하여 검사받을 때 이 부분에 대해 병원에 문의한 적이 있는데 결론부터 말한다면 내 진료 기록은 본인의 동의가 없다면 부모나 국가 기관이라 해도 열람할 수 없다는 게 정답이다. 혹여나 보호자가 환자의 진료 기록을 요구한다면 법의 양식에 맞춰 위임장과 서류를 준비해야 한다. 물론 이 또한 마음이 허락하지 않는다면 일반으로 접수하여 진료를 보거나 단순 상담인 Z 코드로 진단명을 넣어 달라고 요청할 수 있다. 그렇다면 좀 더 마음이 편해지지 않는가? 물론 걱정이 되는 것은 사실이다. 사보험 가입 시 사보험사에서 내 정보를 캐내어 보험 가입에 제한을 두지 않을까 하는 걱정도 있었다. 하지만 이 또한 특수한 경우를 제외하고는 본인 동의 없이는 사보험사에서 나의 진료 기록을 볼 수 없다는 것이 사실이다.

나는 내가 정신과 진료를 받고 나서 정신과에 대한 인식이 스스로 굉장히 많이 개선되었다. 우울증을 앓고 있어서 취업이나 회사 생활에 지장이 있을까 걱정이라면, 학교나 직장에서 우울증 때문에 학점 관리가 어렵고 업무 효율이 떨어져 인사고과에 영향을 미친다면 당당히 진료받고 조금 더 나은 삶을 살면서 좋은 학점과 좋은 컨디션으로 더 좋은 생활을 하는 것이 오히려 바람직한 길이 아닐까 싶다. 일반으로 접수하여 진료를 볼 수도 있지만, 나는 우울증 치료는 감기처럼 일주일 정도의 짧은 기간 동안 치료해서 나을 수 있는 병이 아니라고 생각한다. 장기전으로 봐야 하므로 비용적인 부담으로 중도에 포기하는 일이 없도록 당당히 보험을 접수하길 권하고 싶다. 한국 사회는 남의 이목에 굉장히 신경 쓴다는 특수성을 가지고 있다. 그 때문에 나의 행동 하나하나가 남들에게 어떻게 보일까 걱정하는 사람들이 많다. 그러나 70만 명에 가까운 사람들이 우울증 치료를 받고 있고 그 이상의 사람이 우울증이라는 것을 앓고 있으면서도 밝히기가 어려워 전전긍긍하고 있다면 나를 바라보는 그 사람 역시 우울증 환자일 가능성을 아주 배제할 수는 없다.

처음 병원에 내원했을 때 받은 나의 코드는 'F321', 'F413'이었다.

(주상병) 중등도 우울 에피소드

(부상병) 기타 혼합형불안장애

진단서에 이렇게 기재되어 있었는데 첫 내원 시 검사 비용이 10만 원 후반대였던 것으로 기억한다. 그래서 사보험에 가입되어있는 의료실비보험의 보장을 받으려고 문의했던 결과 F 코드는 보장되지 않는다는 답변을 받았다. 이런 것을 보면 아직 우리나라의 인식 발전에 큰 노력이 필요하지 않나 싶다. 사실 나는 10년 정도 사보험에 의료실비보험을 들어놓고 있지만, 한 달에 9만 원 가까운 돈을 내는 보험의 혜택을 받은 일은 손에 꼽을 수 있을 정도로 적었던 것 같다.

앞서 우울증은 장기전이라고 이야기했다. 장기전에서 이길 수 있으려면 우선 비용 부담을 줄여야 조금이라도 승산이 있다고 생각한다. 병원비도 병원비지만, 약값 역시 부담스럽다면 그 생각에 좀 더 힘이 실릴 수 있을 것이다. 물론 개인차는 있겠지만 내가 처방받는 약 중에는 비보험 약들이 포함되어 있어 2주일분 약값이 2만 원 가까이 한다. 병원비와 약값이 부담스러워서 치료를 포기하는 일은 없어야 하지 않겠는가.

건강한 마음으로 좋은 컨디션을 유지해 가며 회사의 능률이나 학업의 성취도를 올리는 것이 최선이라고 생각한다.

09 혼자인 삶

혼자여도 되는 줄 알았다. 혼자서도 잘 살 줄만 알았다.
그런데 아니었다. 혼자는 힘들고 외로웠다.

경주마에게 씌워진 안대처럼 앞만 보고 달려왔는데 도착해 보니 뭔가 깊은 수렁이 있는 엉뚱한 곳인 것 같다.

혼자서 할 수 없는 일이 더 많다.
지금 와서 생각해 보면 혼자 빨리 가겠다고 고집부린 나 자신이 조금은 안쓰럽고 불쌍하다.
외로우면 외롭다고, 힘들면 힘들다고 주변에 도움을 청하고 돌아보아라.
두 팔 벌려 안아줄 사람이 생각보다 많이 있을 것이다.
혼자서는 할 수 없는 일을 혼자 하겠다고 하면 분명 탈이 생길 수밖에 없지.

혼자인 삶이 아니라 함께하는 삶으로 바꿔 보려는 노력이 필요하다.

나는 우울증 진단을 받은 후 가슴이 답답하고 자꾸만 극단적인 생각이 들어서 왜 나에게 이런 시련을 주셨나 하며 한참 동안 멍하니 눈물을 흘린 적이 있다. 돌이켜 보면 이 또한 내가 자초한 일이 아닐까 싶다.

조금은 덜 열심히 살고 조금은 덜 노력해도 된다. 그리고 조금은 주위를 둘러보고 내가 그동안 열심히 산 삶을 누리기도 해 보자.

중학교 수학 시간에 몰래 책을 보다 선생님께 걸려서 혼난 적이 있다. 책 내용은 자세히 기억나진 않지만 아직까지 책 제목만큼은 선명하게 머릿속에 남아 있다.

전우익 작가님의 『혼자만 잘 살믄 무슨 재민겨』라는 책이다.

책을 온전히 읽어 보지 않아도 무슨 내용일지 제목에서부터 느껴진다.

그렇다. 혼자만 잘 살면 무슨 재미일까?

한때는 나 혼자만 열심히 하면 이 세상의 부귀영화는 다 누릴 수 있을 줄 알았다. 아직 30대 초반이 세상을 다 산 것처럼 건방을 떠는 것 같아서 부끄럽지만, 20대 때와는 생각이 많이 달라졌다. 또 내가 이렇게 아파 보니 보이는 것들이 달라지기 시작했다.

외국의 속담 중에는 이런 말이 있다고 한다.

"빨리 가려면 혼자 가고 멀리 가려면 함께 가라."
요즘 들어서 자꾸만 머릿속에 맴도는 말이 되었다.

그간 너무 혼자만 열심히 달려왔나 하는 생각이 든다. 어쩌면 그럴 수밖에 없는 환경이었는지는 모르겠지만, 약간의 후회와 회의감이 든다. 이것도 내가 가진 '병'의 또 한 가지 이유일지도 모르겠다.

조금은 여유를 부려 보자.
남들이 정해놓은 시계에 갇혀서 나를 채찍질하고 옭아매는 일은 그만하자.
충분히 잘 살고 충분히 멋진 그대이다.
그러다가 힘들면 도움을 받으면 된다.

내가 갔던 정신과의 문은 자동문이었다.
무거운 철문도, 두꺼운 유리문도 아니고 가볍게 터치하면 스르륵 열리고 따뜻한 미소로 반겨주시는 리셉션이 있는 따뜻한 곳이었다.

왠지 언제든 내가 힘들면 도움을 줄 것 같은 분위기와 사람들이었다.

내가 먼저 청하지 않았을 뿐이지, 우리 주변에는 나를 도와주기 위해 수십 년간 머리를 싸매고 공부한 의사 선생님부터 애정 가득 담긴 육두문자로 나를 놀려줄 친구와 내가 정말 잘 되길 바라는 가족이 있다.

정신과란 병원을 들어서기까지 고민도, 원망도, 아픔도 많았다. 하지만 이제는 내 삶의 커다란 쉼표가 되길 기원하며 당당해지려고 한다. 주변인의 많은 도움과 응원을 받으면서 말이다.

우울증 진단을 받고 어디서 알게 된 것인지 많은 사람이 괜찮냐는 메시지를 보내왔다. 물론 반갑지 않은 사람도 있었지만, 그 또한 나에게 깊은 관심과 애정이 있어서 그런 것이지 않겠는가.

정신과 문을 들어설 때는 부정과 고민, 힘듦이 있었다면, 그동안의 고통스러움을 '병'으로 인정받고 나오는 길에는 한결 가벼움이 있었다. 물론 아주 정상적인 모습은 아니었지만 말이다.

먼저 손 내밀어 보자.

침대에서 일어나고 소파에서 일어나 방문을 열고 창문을 열어 보자. 그리고 나가 보자. 수많은 사람이 당신을 기다릴 것이며 먼저 손 내밀어 주길 염원하고 있을 테니 말이다.

내가 사는 동네에는 차로 15분 거리에 전국적으로 아주 유명한 전통 시장이 있다. 어머니도, 나도 과일을 좋아해서 과일을 사러 자주 가는데 같은 과일 가게를 몇 번 갔더니 "잘생긴 총각 또 왔네?" 하며 반갑게 인사를 건네주셨다.

하물며 동네 과일 가게에서도 내가 오기를 손꼽아 기다리다가 이렇게 반갑게 맞이해 주시는데, 당신의 주변엔 얼마나 많은 사람이 당신의 존재를 기뻐하고 의지하며 기다리고 있을까?

정신과 역시 마찬가지다. 조금은 편안한 마음으로 들어가 보길 추천한다.

우리는 감기에 걸리면 내과나 이비인후과를 찾아가 도움을 받는다. 나를 도와주기 위해 그 의사 선생님은 수십 년간 내가 하지 못한 공부를 하며 자기 시간도 없이 오로지 의학에만 몰두하신 분이다. 그런 분께 도움을 받아 내 몸이 좋아지면 너무나 기쁘지 아니한가.

정신과도 같은 이치라고 본다. 작은 상처가 나면 약국에서 포비돈과 후시딘을 사서 바르고 병원을 굳이 안 가도 되지만, 보이지 않는 마음의 상처는 더욱더 전문적으로 치료받아야 한다.

많은 사람이 나를 응원하고 기다리고 있음을 기억하자.

그리고 혼자 열심히 달려가는 그 걸음에 잠시 휴식을 주자.

혼자인 삶보다 함께하는 삶에 관심을 두고 이제 침대와 소파에서 내 몸을 일으켜 보자.

나비효과라 하지 않던가. 내가 하나의 행동을 하면 그 효과가 여러 사람에게 전파되리라.

시장에서 과일 하나를 사도 나는 과일을 재배한 농민부터 유통업자와 판매상인 모두에게 영향을 주는 핵심 인물이 된다. 이 글을 읽는 당신 역시 모든 이에게 핵심 인물임을 잊지 말자.

우울 척도(CES-D)평가

※ 아래에 있는 항목들이 지난 일주일 동안 귀하에게 얼마나 자주 일어났었는지 체크하세요.

A: 극히 드물다(일주일에 1일 이하)　B: 가끔 있었다(일주일에 1~2일간)
C: 종종 있었다(일주일에 3~4일간)　D: 대부분 그랬다(일주일에 5일 이상)

내용	A	B	C	D
1. 평소에는 아무렇지도 않던 일들이 괴롭고 귀찮게 느껴졌다.	0	1	2	3
2. 먹고 싶지 않고 식욕이 없다.	0	1	2	3
3. 어느 누가 도와준다고 하더라도 나의 울적한 기분을 떨쳐버릴 수 없을 것 같다.	0	1	2	3
4. 무슨 일을 하든 정신을 집중하기가 힘들었다.	0	1	2	3
5. 비교적 잘 지냈다.	3	2	1	0
6. 상당히 우울했다.	0	1	2	3
7. 모든 일들이 힘들게 느껴졌다.	0	1	2	3
8. 앞일이 암담하게 느껴졌다.	0	1	2	3
9. 지금까지의 내 인생은 실패작이라는 생각이 들었다.	0	1	2	3
10. 적어도 보통 사람들만큼의 능력은 있었다고 생각한다.	3	2	1	0
11. 잠을 설쳤다(잠을 잘 이루지 못했다).	0	1	2	3
12. 두려움을 느꼈다.	0	1	2	3
13. 평소에 비해 말수가 적었다.	0	1	2	3
14. 세상에 홀로 있는 듯한 외로움을 느꼈다.	0	1	2	3
15. 큰 불만 없이 생활했다.	3	2	1	0
16. 사람들이 나에게 차갑게 대하는 것 같았다.	0	1	2	3
17. 갑자기 울음이 나왔다.	0	1	2	3
18. 마음이 슬펐다.	0	1	2	3
19. 사람들이 나를 싫어하는 것 같았다.	0	1	2	3
20. 도무지 뭘 해 나갈 엄두가 나지 않았다.	0	1	2	3

※ 총점: 60점

※ 우울증 판단 기준: 25점 이상(필요시 전문가에게 상담받으세요)

2장. 나는 우울증을 '앓는다'

01 스쳐 지나간다

며칠 전부터 으슬으슬 몸이 춥고 두통과 나른함이 계속 되었다. 콧물과 재채기가 자기들이 먼저라고 싸우기라도 하듯이 앞다퉈 나를 괴롭혔다. 올 것이 왔다. 드디어 환절기가 시작되었나 보다.

나는 만성 알레르기 비염을 내 몸에 기본 장착된 옵션처럼 초등학교 입학 전부터 가지고 있었다. 한 번씩 이렇게 콧물과 재채기가 시작되면 일상생활이 어려울 정도로 심해져서 약을 먹지 않고는 도저히 일할 수도 없을뿐더러 사람을 만나 대화하는 것조차 어려울 때가 있다. 그 때문에 20년이 넘게 다닌 동네 이비인후과는 단골 슈퍼와 같이 친근하다. 아마 내가 그동안 낸 병원비로 대기실 소파 정도는 바꿨으리라 짐작해 본다.

이렇게 심한 알레르기 비염도 단골 이비인후과 의사 선생님이 처방해 주시는 몇 알의 알약과 주사 한 방이면 언제 까불었나 싶게 평온을 되찾는다. 보통은 일주일에서 심하면 열흘 정도 약을 먹는데, 그러면 코를 먹느라 훌쩍이는 것도, 비염 때문에 눈이 가려워 비비는 일도, 침 튀기며 재채기하는 것도 사라진다. 그때만큼 이비인후과 의사 선생님이 고마울 때가 없다.

누군가가 그런 얘기를 했다.

"우울증은 마음의 감기에요. 금방 스쳐 지나갈 테니 걱정하지 말아요."

나는 사실 이 말을 믿을 수가 없다.

우울증을 앓고 있는 사람들을 보면 단기간에 회복되는 사람도 있지만, 수년씩 고통의 늪에서 벗어나지 못하는 사람도 굉장히 많다.

'희망 고문'이라고 했던가? 안 될 것을 알면서도 될 것 같다는 희망을 주어서 상대를 고통스럽게 하는 것만큼 힘든 것은 없다.

경험자들은 알지 않을까? 쉽게 왔다가 쉽게 스쳐 지나갈 만큼 가벼운 것이 아니라는 것을. 그 때문에 나는 우울증은 무조건 장기전으로 보고 싸움에 임해야 한다고 생각한다.

약을 먹고 바로 효과가 와서 날아갈 듯이 기분이 좋아진다면 그것만큼 행복하고 복 받은 것은 없겠지만, 나처럼 약의 부작용 때문에 힘들어하고 약을 먹어도 쉽게 좋아지지 않아 계속 무거운 마음과 자살 충동으로 힘들어한다면 조급하게 생각하지 말고 문제를 장기전으로 봐야 하는 단단한 마음이 중요하다. 또한, 참고 인내할 수 있는 마음도 필요하다.

지금 당장 힘들고 당장이 마지막 같은 순간인데 단단한 마음은 뭐고 인내는 또 무엇이냐고 묻는다면 앞서 이야기했던 것처럼 자신에게 가장 소중한 그 무엇을 떠올려 보아라. 주위를 환기하고 머릿속을 비운 뒤에 소중한 사람, 물건, 반려동물 등을 떠올려 봐라. 그리고 그들에게 손길을 내밀어 보자. 당장의 위험한 순간이 지나면 이 악물고 견뎌냈던 나 자신이 대견하게 생각될 것이다.

나에게 있어서 가장 소중한 대상은 어머니였다. 위험한 순간이 찾아올 때마다 일상적인 대화로 어머니께 메시지를 보냈다.

만약에 소중한 그 무엇이 없다면 꼭 만들길 바란다. 그것이 사람이든, 사물이든, 어떤 것이든 좋으니 나를 지켜줄 동아줄이 될 것이다. 아무것도 없다면 익명으로 소통할 수 있는 애플리케이션이라도 설치해 보자. 수많은 사람이 나의 삶을 응원해 주고 토닥여 줄 것이다.

처음엔 정말 금방이라도 스쳐 지나갈 줄 알았다.

환절기면 언제나 찾아오는 알레르기 비염처럼 한 열흘 정도 처방받은 약을 열심히 먹으면 금방이라도 나을 줄 알았다. 심지어 나에게 약을 조제해 주는 약사님도 이렇게 말씀하셨다.

“보통 2주 정도면 효과를 보실 거에요.”

이렇게까지 말했으니 그 기대는 더 컸으리라.

하지만 2주가 지나도, 한 달이 지나도 상황은 더 악화되기만 했고 내 마음속의 조바심은 더욱더 커져 갔다. 심지어 약에게도 버림받은 하찮은 존재라고 나 스스로 생각해서 마음속 안정을 찾기가 더 힘들었던 시간이었다.

직업 특성상 매일 운전을 했고 매일 위험한 고비의 순간을 맞이했다. 사고가 날 것만 같고 사고를 내고 싶고 강물로 빠져들고 싶었다. 그래서 더욱더 간절했다. 빨리 낫고 싶었고 그래서 더욱더 열심히 약을 먹고 주치의 선생님이 시키는 대로 무조건 따랐다.

차라리 이것이 팔다리가 부러지고 찢어진 것처럼 상처의 환부가 보인다면 조바심이 나더라도 조금은 마음 편히 기다리고 확인하며 마음의 여유를 가질 수 있었을 테지만, 이건 보이지 않는 저 구석 어딘가가 아프고 찢긴 상태가 아닌가.

그러니 여유를 갖자.

당장 결과가 보이지 않는다고 해도 조금씩 기다리고 인내해 보자. 그래야 그토록 바라던 맑은 아침을 맞이할 수 있을 테니 말이다.

다시 한번 이야기하지만, 명심할 것은 우울증은 장기전이라는 것이다.

사실 나에겐 어머니 말고 의지할 수 있는 사람이 또 한 명 있다. 바로 누나다. 현재 병원에서 근무하고 있는 누나는 나를 위해 수많은 정보를 가져다주고 먼저 연락해서 내 컨디션을 물어봐 주는 등 나를 위해 많은 헌신을 아끼지 않았다. 그 당시에는 그것이 그토록 소중한 것인 줄 몰랐었다. 그러나 시간이 지나고 나서 들쑥날쑥한 컨디션의 오르막에서 보니 그것만큼 고마운 것이 없더라.

혹시 우울증 환자의 보호자가 이 글을 보고 있다면 기억해 두면 좋을 것이다. 보호자의 역할 역시 환자의 상태 호전에 상당한 영향을 미친다는 것을! 최대한 환자가 조급해하지 않도록 환자의 평정심을 찾아 주는 것도 보호자의 큰 덕목 중 하나라는 것을!

들쑥날쑥한 컨디션의 정상에서 한번 둘러보아라. 주위엔 내 생각보다 꽤 많은 사람이 나를 응원하고 지지해 주고 있다. 그들에게 먼저 손 내밀어 도움을 청해 보자. 진심으로 나를 걱정해 주고 나의 회복을 도와줄 것이다.

그런데 생각해 보면 스쳐 지나갈 만큼 가벼운 그 무엇 때문에 죽음을 고민하고 힘들어하며 하루하루를 고통 속에서 살아야 한다면 자존심 상하지 않는가?

적어도 몇 달은 죽을 만큼 고생해 보고 시행착오도 겪어가며 주변에서 보기에도 정말 힘들어 보일 만큼 아파야 그래도 고생한 보람이 있지 않나 싶다.

결코 가벼운 그 무엇과 싸우고 있는 것이 아니다. 그러니 처음부터 기간을 정해놓고 언제까지 나아야겠다는 목표 설정을 그만하길 바란다.

내가 아프고 싶은 만큼 충분히 아프고 회복할 수 있는 시간만큼 충분히 회복하겠다는 여유 있는 마음이 분명 더 빨리 온전하고 좋은 컨디션을 되찾을 수 있는 지름길이 될 것이다.

02 우울증을 '앓다'

- 앓다[알타]

[동사] 1. 병에 걸려 고통을 겪다. 2. 마음에 근심이 있어 괴로움을 느끼다.

'앓다'의 사전적 의미이다.

하루는 어머니의 두통 때문에 어머니와 함께 신경내과를 찾은 적이 있다. 그 병원은 두통과 어지럼증, 치매, 기억 장애, 만성 피로, 수면 장애 등을 진료하는 곳이었는데 메인 진료는 아니지만 약간의 우울증 치료도 병행하고 있었다. 난 보호자 자격으로 어머니가 검사받는 것부터 진료실 상담까지 동행했는데 상담 중에 자연스레 나의 우울증 이야기가 나왔다. 어머니가 아들이 우울증을 앓고 있어 고민이 많다고 이야기한 것이다. 그것이 두통의 원인이 될 수 있느냐는 질문에 의사는 단호하고 절도 있게 대답했다.

"'우울증을 앓고 있다.'라고 하지 않습니다. '우울증이 있다.'라고 하죠."

의외였다. 병원의 의사가 우울증을 병으로 취급하지 않는 느낌이었다. 무슨 의도와 의미였는지는 알겠지만, 진료실을 나와 한동안 생각에 잠겼다.

'앓고 있는 게 아니라면 난 뭘까?'

병원의 의사도 병으로 인정하지 않는 그것을 가지고 나는 왜 그토록 고통스러워하고 있는 것인가 나에게 의문이 들 정도였다.

누군가는 이렇게 이야기한다.

"우울증을 가지고 있다."
"우울증이 왔다."
"우울증이 있다."
"우울증에 걸리다."
"우울증이 생기다." 등.

각자가 가지고 있는 우울증을 표현하는 방법은 제각기 다르다. 하지만 난 단연코 우울증은 병이며 "앓고 있다."라고 말할 것이다.
우울증은 마음의 병이다. 마음의 병이기 때문에 더욱더 존중받아야 하며 주변의 관심과 응원이 필요하다.

내가 7살 때였을 것이다. 학원 차에서 내려 집으로 들어오는 도중에 오토바이에 치여서 다리가 부러진 적이 있었다. 근 한 달간을 깁스하고 있었는데 다행히 가해자가 동네 사람이었고 그때 당시 내가 어린 나이임에도 매일같이 찾아와 맛있는 것을 사다 준 오토바이 운전자 덕분에 깁스를 풀기 싫어했을 정도로 아픈 것을 약간은 즐기기까지 했었다.

이처럼 한 달이면 낫는 골절도 지대한 관심과 사랑으로 보살핌받는데 보이지 않는 곳이 찢기고 곪아 문드러진 마음의 병은 왜 스쳐 지나간다고 가볍게 이야기하는지 모르겠다.

혹이나 우울증을 '의지가 약해서' 혹은 '마음이 여려서' 등 자신이 나약해서 올 수 있는 일종의 심신 미약이라 여겨 주변에 알리기도 꺼리고 치료도 미루고 있다면 그만큼 위험한 일도 없다고 단호하게 이야기하고 싶다. 우울증은 세로토닌 호르몬이 부족해서 생기는 질환이자 '병'이다. 그 때문에 정신과 치료와 상담 등을 병행하면 초기 2~3개월 이내에는 완치율이 70~80%에 이르고 중등도 이상의 우울증은 항우울제 처방을 필수로 하며 최근 개발된 신약들은 예전보다 부작용도 적고 안전하게 증상을 완화할 수 있다.

보통 사람들은 대부분 이렇게 반문할 수도 있다.

"나도 우울한데?"

우울한 기분은 누구나 일상생활을 하며 흔히 느낄 수 있지만, 정신의학에서 말하는 우울증은 일시적으로 기분만 저하된 상태가 아니라 의욕, 관심, 수면 사고 과정, 동기, 신체 활동 등 전반적인 정신 기능이 저하된 상태를 말한다. 이러한 증상이 거의 매일 또는 온종일 나타나는 경우에 우울증이라고 하고 이 경우엔 단순한 기분 전환적 행동이 아니라 전문가의 도움을 필요로 한다.

우울증은 성적 저하 및 원활하지 못한 대인관계, 사회 부적응 등 여러 가지 문제를 야기할 수 있으며 심할 경우 자살이라는 심각한 결과에 이를 수도 있는 뇌 질환이다.

처방전을 발급받아도 나처럼 'F321', 'F413'의 코드가 잡히는 질환이고 보험회사에서도 보장을 안 해 주는 고위험군 —개인적인 생각이다— 의 질환이다.

그러니 본인이 나약하다는 자책을 버리길 바란다. 절대 본인이 나약해서도 아니며 본인이 특별해서도 아니다. 다만 너무 열심히 사는 당신에게 잠시 쉼표가 필요하여 자연스럽게 앓게 된 것이다.

병원에 대한 두려움이 있다면 환자를 잘 알고 있는 보호자가 함께 내원하여 상담을 받는 것 역시 추천하고 싶다. 내 경우엔 내원 3개월 차에 어머니가 함께 병원을 방문해 주셨다. 담당 주치의 선생님께 보호자가 행동해야 하는 요령에 대해 상담받았으며 그 후 실생활에서 어머니의 행동이 달라졌음을 느낄 수 있었다.

이처럼 우울증은 모두의 노력을 필요로 하는 '병'으로 인식하고 행동하는 것이 치료의 효과를 극대화할 수 있는 최선의 방법이라는 것을 잊지 않았으면 좋겠다.

환자 자신이 먼저 '병'으로 받아들이고 치료를 위해 전념해야 한다는 것을 명심하길 바란다.

우울증은 그 증세가 심할 경우 극단의 선택을 할 수 있는 무엇보다 무서운 질환이다.

환자와 보호자 모두 노력하여 긍정적인 결실을 얻길 바란다.

참고로 우울증 진단은 정신과 전문의와의 상담이 가장 바람직하지만, 여러 경로를 통해 우울증 치료에 대한 구체적인 정보를 무료로 제공받을 수 있다. 보건복지부에서 운영하는 정신건강 상담의 전화(1577-0119)를 24시간 이용 가능하며, 보건복지부 긴급전화(129)를 통해서도 위기 시 상담이 가능하다.[1]

1) 출처: [네이버 지식백과] 우울증[depressive disorder], 국가건강정보포털 의학 정보, 국가건강정보포털.

03 연기하는 '나'

나는 초등학교 시절 동안 대부분 문구점 아들로 불렸다. 우리 집은 앞서 이야기했듯이 가게와 살림집이 함께 있는 구조였는데 방 2개가 모두 가게 쪽으로 문이 나 있는 직사각형 구조였다. 그 때문에 우리에겐 가게 개점 시간부터 마감 시간까지 사생활이란 없었다. 학교 건물에서도 우리 집 내부가 훤히 보일 정도였으니 말이다. 덕분에 항상 깔끔한 모습에 사람들에게 좋은 모습과 인상을 주어야 했고 때에 따라선 초등학생인 내가 물건을 파는 일도 부지기수였다. 아마도 그때 장사하는 재미와 사람들 앞에서 이야기하는 소위 '말빨'이 늘었던 것 같다. 이와 더불어서 함께 성장했던 것이 바로 '연기력' 아니었을까?

'연기력'이라 해서 TV에 나오는 배우처럼 짜여진 극본에 따라 연기를 한다는 것이 아니라 내 감정에 솔직하지 못하고 싫어도 좋은 '척', 좋으면 더 좋은 '척'하는 그 '척'을 연기했던 것을 말한다. 어릴 때도 느낄 수 있었던 진상 손님들에게 싫은 내색을 할 수는 없지 않은가.

그런데 그 연기력이 요즘 들어 더 빛을 발하고 있는 것 같다.

강의를 한다. 프레젠테이션을 하고 결혼식 사회를 본다. 심지어 어떻게 해야 잘 팔리는지, 어떻게 했을 때 올바르게 고객에게 응대하는 것인지 CS와 세일즈를 이야기하고 있다. 주말이면 평생에 한 번뿐인 결혼식에서 진행자로 수년째 사회를 보고 있다. 이렇게 남 앞에서 좋은 것만 보여야 하는 직업 특성상 나의 아픔을 교육생들과 새로운 시작을 하는 신랑, 신부에게까지 알리고 싶지는 않았다.

그래서 '연기'를 했다.

항상 밝고 좋은 척, 세상에서 제일 행복하고 걱정 없는 척. 그런데 그러다 보니 점점 나 자신을 잃어 가는 느낌이 들었다.

조금은 내려놓고 힘들다고 징징대도 될 법한데 우울증 진단을 받고 나서는 그 연기가 더 극에 달했다.

쉴 때는 온종일 침대에서 못 일어났지만, 사회를 볼 때만큼은 세상에서 제일 행복한 내가 되었고 교육을 할 땐 내가 나 스스로 교보재가 되어 사람들의 시선을 한 몸에 받았다.

그 간극이 더 커지다 보니 도저히 견딜 수 없는 지경에까지 이르렀다. 이대로 가다간 내가 나를 잃어버려 더 큰 일이 벌어질 것만 같았다.

더 중요한 건 심한 마음의 고통으로 괴로울 때 역시 억지로 행복하고 밝은 '척' 연기를 한다는 것이었다. 이건 그저 연기에서 끝나는 것이 아니라 정말로 위험한 일이었다. 사람들 앞에서, 심지어 어머니나 누나 앞에서도 밝고 행복한 척을 하다가 나만의 공간에서는 극단적인 생각을 쉼 없이 했을 정도이니 말이다.

이것이 내가 휴직을 선택하게 된 여러 가지 이유 중 하나이다.

난 2018년 6월부터 약물치료를 시작하여 두 달쯤 뒤인 8월부터는 2019년 5월인 지금까지 휴직 중이다(우리 회사는 직원 복지가 그나마 잘되어 있는 편이어서 병가 휴직의 경우 최대 1년까지 쉴 수 있다).

더 이상 행복해할 자신이 없었다.

더 이상 즐거워할 힘이 없었다.

그것마저 무너지면 그동안 지켜온 나의 모든 것이 와르르 쏟아져 내릴 것만 같았다. 혼자 있는 그 순간에도 나의 솔직한 감정을 숨기며 나에게까지 연기하는 나를 보며 나 자신이 참 많이 불쌍하게 느껴졌다.

지나고 나서 보니, 내려놓아도 될 것이었다.

솔직하게 "힘들다.", "우울하다.", "귀찮다.", "슬프다.", "싫다." 등 내 마음속을 그대로 표현했어도 되었을 텐데, 그 일말의 끄나풀이 나를 더욱더 힘들게 한 것 같다.

'솔직함'을 배워 보자.

솔직하게 내 감정을 표현하고 그것에 집중해 보자.

나의 경우엔 우울증 진단 후 두터운 친분이 없었던 주변 사람들에게 우울증임을 알리자 다들 깜짝 놀라는 눈치였다. 상상도 못 했다는 반응이었다.

감정의 기복이 심해도 올 수 있는 '병'이 우울증 아니던가. 조금은 솔직하게 내 감정을 표현하고 주위를 둘러보자. 한결 가벼운 마음으로 세상을 대할 수 있을 것이다.

나 역시 세상 모든 사람에게 잘 보여야 하고 좋은 모습만 보여 줘야 한다는 강박감이 있었다. 조금만 흐트러져도 안 될 것 같고 동네 슈퍼를 가더라도 머리 감고 세수하고 단정한 차림에 머리엔 뭘 발라서 흐트러짐 없이 정리해서 나갔다. 집 밖에 나가는 순간엔 만인의 눈초리를 걱정했지만, 요즘은 가까운 거리는 모자도 쓰고 맨발에 슬리퍼도 신은 채로 나가서 나 자신에게 솔직한 자연스러움을 조금씩 시도하며 '내려놓기'를 연습 중이다.

세상 사람들은 생각보다 개개인에게 큰 관심이 없다. 한편으로는 좀 슬픈 이야기일 수도 있겠지만, 그 말을 좀 풀어서 생각해 본다면 내가 나 하고 싶은 대로 살아도 사람들은 크게 개의치 않는다는 것이다.

지구의 나이는 대략 46억 년 정도 되었다고 한다. 세상이 좋아져서 평균 수명이 늘고 요즘은 100세 시대라는 말도 나와 100세를 건강하게 사는 법을 연구 중이란다. 하지만 지구의 나이에 비하면 우리 인간은 한낱 미물에 불과하지 않은가. 이 말은 좋은 것만 하고 살기에도 부족한 시간이라는 것이다.

그러니 그 소중한 시간 동안 나를 위해 살아 보자. 나를 위해 무엇이 내 마음을 더 편하게 할지 고민하고 무엇이 내가 더 행복한 길인지에 관심을 두어 내가 진정 웃을 수 있는 것에 감정의 무게를 실어 보자.

04 감정의 하강 나선

이유가 없다.

갑자기 가슴이 답답하고 숨이 벅차다. 무언가가 짓누르는 것만 같고 도통 힘이 나질 않는다. 어디론가 숨고만 싶고 무기력함이 극에 달해 손가락을 움직이는 것도 힘들게 느껴진다. 침대에 누워서 천장의 무늬만 관찰하고 화장실에 가고 싶어도 도저히 일어날 수 없다. 보통의 일반적인 무기력감과는 차원이 다른, 지하 세계의 그 무엇이 나를 끌어당기는 듯하다. 세상의 낙오자가 된 기분이고 모두가 나를 손가락질하며 욕하는 기분이 든다. 우울감이 심각하여 가슴이 먹먹한데 울고 싶은 충동만 가득하다. 차라리 눈물을 시원하게 쏟아내고 나면 좀 나아질 수도 있을 것 같은데, 그마저도 쉽지 않다. 우울감이 심해져 자살 충동으로 이어지고 온종일 극심한 피로감이 온몸을 감싸고 있다. 감정 기복이 심해 나의 처지에 대한 비관과 이유 없는 분노를 조절하기 어렵고 온갖 부정적인 생각들로 머릿속이 가득 차 있다.

어떤 특정한 일을 했을 때 이런 감정이 든다면 그 일을 안 하면 된다. 하지만 어떠한 포인트인지 알 수도 없는 포인트에서 갑자기, 정말 갑자기 이런 마음과 생각에 사로잡혀 버린다.

주체할 수 없을 만큼 슬프고 고통스럽다.

단순한 감정 조절이 아닌 고통 그 자체이다. 한 번씩 물밀 듯이 휘몰아치면 어찌해야 할지 그 방법을 찾기가 어렵다.

숨 쉬는 것조차 부담스럽고 벼랑 끝에 선 듯 아슬아슬하다.

잠을 잘 수도 없다.

잠이라도 들라치면 칼을 들고 나를 죽이러 오는 누군가를 피해 다니는 악몽 때문에 잠드는 것 역시 최선은 아니었다.

이것이 내가 느꼈던 감정의 하강 나선이다.

잠들어도 고통이고 깨어 있어도 고통의 연속이었다.

초반엔 이런 기분이 들다가도 어떤 특정한 전환점을 만나면 금방 감정이 바닥을 치고 올라가 기분 좋은 상태를 맞이했었는데, 시간이 지날수록 그 전환점을 만나는 날이 줄어들었다.

정말 말 그대로 어찌해야 할 바를 몰랐다. 수술을 해서라도 좋아질 수 있다면 당장이라도 의사 선생님을 찾아가서 수술대 위에 눕고 싶은 심정이었다. 너무도 고통스러운 이 감정의 전환점을 찾고 싶어서 미칠 지경이었다.

쇼핑에 중독되었다.

그나마 회사의 복지가 좋아 병가 휴직으로 1년을 쉴 수 있지만, 쉬는 동안은 '무급'이다. 부모님이 지원해 주실 형편이 아닌 우리 집의 상황상 하루하루 경제적인 압박에 시달려야 했지만, 나의 이런 기분을 풀기 위해 하루가 멀다 하고 백화점을 찾았다. 하루가 멀다 하고 인터넷으로 물건을 주문했다.

'무조건 지르고 보자'

처음엔 속옷 한 장부터 나중에는 유명 브랜드의 고가 점퍼까지, 내 수준으로 감당할 수 없는 쇼핑 중독에 시달렸다. 수입도 없는 백수의 카드값이 3~4개월간 400만 원 가까이 나왔다면 그때의 내 마음을 조금이나마 이해할 수 있을까? 하지만 400만 원 가까운 카드값에도 이 하강 나선은 해결되지 않았다. 기분이 좋아지고 우울한 마음이 사라졌다면 400만 원이 뭐가 아깝겠는가. 그러나 물질적 만족을 통한 기분 상승은 딱 10분이었다. 결제하는 그 순간 혹은 택배 상자를 열어 보는 그 순간 딱 10분이 최고였다. 그 후엔 다시 또 감정의 하강 나선에 휩쓸려 바닥 저 끝까지 내려간 마음을 바라봐야 했다.

쇼핑 중독에서 정신을 차리고 나니 나에게 남은 것은 빚뿐이었다.

카드값 영수증에 한숨은 더해 오고 감정은 더욱더 내려가기 시작했다. 그러고 나서 찾은 다음 방법은 '드라이브'였다. 밤도 좋고 낮도 좋았다. 일단 차를 운전해서 바깥으로 나갔다. 시장도 가 보고 목적지 없이 액셀러레이터를 밟아 보고 차로 1시간 30분 거리에 있는 누나네 집에도 가 보고 여행을 핑계 삼아 이곳저곳 쏘다니기 시작했다.

이것은 쇼핑 중독보다는 조금 더 나았다. 쇼핑의 기분 전환이 10분이라면 드라이브를 끝내고 들어왔을 때는 1~2시간 정도 기분 좋은 상태를 유지했다. 기름값이 부담이 되긴 했지만 내 목숨보다는 안 아깝지 않은가.

동물을 좋아해서 기르는 반려견과 함께 애견 카페도 가 보고 혼자 분위기 좋은 카페나 레스토랑에서 밥도 먹어봤다. 하지만 내 마음의 빈 곳을 채우기에는 역부족이었다.

그렇게 방법을 하나둘씩 찾아갔다. 내 기분을 올려줄 수만 있다면 무엇이든 좋았다.

그중에서 내가 찾은 가장 최고의 방법은 운동이었다.

운동에 대해서는 뒤에서 다시 한번 다뤄 보겠지만 운동만 한 기분 전환 방법은 없다고 느꼈을 만큼 나에게는 최고의 효과를 가져다주었다.

나의 경우엔 증상이 심했음에도 나으려는 의지가 다른 환자들에 비해 상당히 높았다. 이는 담당 주치의 선생님뿐만 아니라 약국 약사님, 주변인들 모두가 인정하는 바였다. 그럼에도 불구하고 여러 노력 가운데서 나에게 맞는 기분 전환법을 찾기가 어려웠다. 그러나 "아무것도 안 하면 아무것도 일어나지 않는다." 라는 말이 있지 않던가. 뭐라도 해 보고 부딪혀 보고 시도해 봐서 나에게 가장 잘 맞는 그 무엇을 찾아낼 용기가 필요하다.

어떤 사람은 잠이 가장 잘 맞는 기분 전환법이라고 했다. 한숨 푹 자고 나면 날아갈 듯이 기쁘다고 했다. 또 어떤 사람은 책 읽는 것이 기분 전환 방법이라고 했다. 두꺼운 전공 서적을 읽고 나면 성취감과 함께 마지막 장을 넘기는 순간의 희열을 즐긴다고 했다. 또 어떤 사람은 십자수와 같은 공예, 또 어떤 사람은 집 안 청소가 자기에게 맞는 방법이라고 했다.

기분 전환 방법은 무궁무진하다. 그러니 제발 찾아보길 바란다.

방구석에 쪼그리고 앉아서 혹은 침대에 누워서 천장의 무늬만 바라보고 어두운 터널에서 나오지 못하는 사람들에게 부탁한다. 약은 보조제일 뿐이다. 소금과 같다고나 할까? 일단은 재료를 어떻게 볶고 지지느냐에 따라 음식 맛이 좌우되지 않던가. 재료의 신선도에 따라 음식 맛이 달라지지 않던가! 그 재료에 소금으로 간을 맞추는 것처럼, 우리가 나름의 노력으로 내 기분을 전환할 방법을 찾아야 한다.

물론 어려운 일이다.

안타까운 일이지만, 너무도 어려워서 목숨을 포기할 만큼 힘들어하는 사람도 참 많다. 왜 그것을 모르겠는가. 나 역시 감정의 하강 나선에 들어가 끝도 없이 추락할 때는 아무것도 보이지 않아서 삶을 포기하고 싶었던 적도 무수히 많았다. 하지만 억울하지 않은가. 보이지도 않는 마음의 병과 싸워 보지도 않고 실패자 혹은 낙오자로 낙인찍혀 세상을 등지고 마는 것은 자존심 상하는 일이며 슬픈 일이 아니겠는가.

어서 일어나 보자!

뭐든 좋으니 하나씩 차근차근 나의 방법을 찾아보자! 분명 방법이 있을 것이고 그 방법은 당신을 기다리고 있을 것이다.

05 | 이루고 이뤘다

나만의 방법으로 감정의 하강 나선에서 탈출했다. 하지만 온전한 탈출이 아니라 응급상황에 조금 강력하게 대처한 것이라고나 할까? 나 역시 여전히 심각한 무기력감을 종종 느끼고 극단적인 생각조차 완전히 떨쳐버릴 수는 없었다. 온종일 침대에 누워있는 일이 잦았으며 이틀 동안 집 밖으로 안 나갔던 적도 있었다. 집 안에서는 대부분 TV를 보거나 스마트폰으로 유튜브 등을 보는 등 특별히 생산적인 일을 하지는 않았다.

그날도 어김없이 극심한 무기력감과 우울감이 밀려왔다. 동네 피트니스 센터에 운동도 다녀왔고 드라이브도 이미 했던 터라 반갑지 않은 손님에 적잖이 당황하고 있었다. 그럴 때면 난 또 하나의 비밀 병기를 꺼낸다. 신경을 다른 데로 돌리는 것이다. 음악을 듣는다거나 처방받은 약으로 잠을 청해 본다거나 스마트폰으로 재미있는 영상을 본다거나 하는 등 다른 무언가를 찾아서 나에게 온 반갑지 않은 손님을 돌려보낸다. 그때도 열심히 배웅의 준비를 하고 있는데 페이스북에 알림이 떴다. 3년 전 오늘 찍은 사진이라며 멀끔한 정장을 차려입은 프로필 사진을 보내 주는 것이 아닌가.

바로 나였다.

우리 집은 어렸을 때부터 경제적으로 여유롭지 못했다. 내가 기억하는 5살 무렵엔 논밭이 있는 시골의 방 한 칸에서 네 식구가 살았다. 화장실은 운동장만 한 마당을 지나서 가야 했는데 밑이 뻥 뚫린, 그야말로 재래식 화장실이었다. 그마저도 우리 집을 포함한 두 가구가 함께 써야 했던 것으로 기억한다. 나는 너무 어려서 배가 아플 때마다 어머니가 손수 마당 구석에 신문지를 깔아 주셨고 그곳에서 볼일을 봐야 했다. 두 분의 결혼 초창기부터 이랬던 것은 아니었다. 결혼 당시에는 중국집을 운영하셨는데 장사가 꽤 잘되어 많은 돈을 만지기도 하셨단다. 그리고 그 돈으로 철물점을 크게 하셨는데 거래처에서 어음을 잘못 받아 아무것도 없이 거리로 내몰린 것이라고 들었다. 아무튼, 내가 기억하는 우리 가족의 첫 집은 재래식 화장실이 있는 방 한 칸짜리 시골집이었다. 연탄을 땠고 집 안 곳곳에 곰팡이가 가득했다. 너무나 외진 곳이라 주변 친구가 없어 내가 7살 무렵에 어머니는 아버지의 반대에도 날 학원에 보내셨다. 물론 인형 눈알 붙이는 것처럼 집에서 소일거리를 하셔서 내 학원비를 충당하셨다. 나는 그 어린 나이에도 학원 차가 우리 집 앞에 서는 것을 참 많이 두려워했다. 차에 가득 타고 있는 친구들이 방 한 칸짜리 집에 산다고 놀리면 아무 말도 못 하는 숙맥이었기 때문이다.

그때는 '방 한 칸짜리 집에 사는 애'라는 칭호가 그렇게 듣기 싫었다. 아직도 그때 생각을 하면 가슴이 먹먹하다. 너무나 외진 곳이었기 때문에 내가 초등학교에 입학할 무렵에 재개발 소식이 들려왔고 우리는 이사를 했다. 어머니가 한동안 근처 분식집에서 일하시다가 내가 다니는 학교 후문의 문구점을 인수하시게 된 것이다. 그 이후로도 우리 집은 계속 월세살이를 전전했다. 중·고등학교는 당연히 학비 면제 대상자였고 군대를 전역하고 나서도 역시 우리 집은 월세방을 벗어나지 못했다.

그래서였나보다. 성공에 대한 갈망과 염원이 깊어진 것이. '방 한 칸짜리 집에 사는 애'라는 놀림을 받던 그때부터였던 것 같다. 난 항상 성공해야 했고 부자가 되어야 했다. 그래서 좋은 차와 좋은 옷을 입고 좋은 집에서 살아야 했다. 또, 나 스스로도 그러고 싶었다. 군대를 전역하고 호프집 아르바이트와 근로 장학생을 겸하며 하루에 1~2시간씩 쪽잠을 자야 했었다. 그때 참 많은 생각을 했던 것 같다. 집에서 지원해 줄 수 있는 것이 없으니 적은 자본으로 성공을 맛볼 수 있는 것이 무엇이 있을까 항상 고민했던 것 같다.

그러다 눈에 띈 것이 '쇼 호스트'였다.

난 쇼 호스트 준비생이었다. TV 채널을 돌리다 보면 고등어도 팔고 김치도 팔고 세제며 프라이팬 등을 맛깔나게 설명하는 그 직업 말이다. 문구점 아들의 자존심을 걸고 그까짓 것, 당장에 되겠지 싶었다. 그런데 결코 그것이 만만하지만은 않았다. 결국은 준비생으로 남았지만, 그 시간을 후회하진 않는다. 그때 쇼 호스트 준비생이라면 필수로 가지고 있어야 할 것 중의 하나가 말끔한 정장을 차려입고 찍은 '프로필 사진'이었다. 난 그때 쇼 호스트를 준비하면서 메이크업이라는 것을 난생처음 받아 봤고 처음으로 스튜디오에서 연예인처럼 사진도 찍어 봤다. 물론 그 후에는 직업상 여러 번의 프로필 사진을 찍었지만, 아직도 그때의 기억이 새록새록 하다.

내가 살아온 이야기를 장황하게 한 이유는 페이스북이 보내 준 추억의 사진 때문이다. 3년 전의 프로필 사진이 처음 쇼 호스트를 준비하면서 촬영한 사진은 아니지만, 내 프로필 사진을 볼 때마다 주마등처럼 그동안의 고생과 노력이 스쳐 지나간다.

'그래, 여기까지 어떻게 왔는데!'

불청객이 온 그날도 침대에 누워서 신경을 다른 곳으로 돌리려 할 때 페이스북에서 보내 준 3년 전 프로필 사진 덕분에 잠시 옛 추억에 잠겨 봤다.

가끔 그런 생각을 한다. 정말 힘들어서 모든 것을 포기하고 극단적인 선택을 하고 싶을 때는 지금까지 이뤘던 것을 되뇌어 본다.

남들이 생각했을 때는 별것 아닌 것처럼 보여도 난 나름대로 '무'에서 '유'를 창조했다고 자부하고 있다. 그리고 쇼 호스트는 못 되었지만, 어느 정도는 꿈을 이루어서 남들 앞에 서고 있지 않은가. 이런 생각을 하면 잘못된 생각을 하다가도 억울해서라도 더 누려야 할 것 같아서 오기로라도 힘을 내게 된다.

그동안 참고 견뎌 왔던 그것이 억울하고 분해서 더 살아야 할 이유가 되고 그냥 사는 것이 아니라 더 '잘' 살아야 할 원동력이 된다.

물론 이러한 내막으로 나는 강박증과 불안장애도 같이 가지고 있다. 빠른 결과를 내야 하고 빠른 피드백을 받아야 하는 강박과 불안에 휩싸여 있지만, 이 또한 내 삶의 이유가 된다.

생각해 보자. 지금 이 삶을 살기까지 노력한 당신의 과거를!
또한, 우리는 웃기만 해도 박수받았던 시절이 있었지 아니한가.
당신의 존재만으로도 박수받아 마땅하다.

힘든 시간을 보내고 있다면 행복하거나 치열했던 그때의 추억을 떠올릴 수 있는 사진을 휴대전화에 저장해 놓고 힘들 때마다 꺼내어 보자.

그동안 참고 견딘 당신에게 소소한 위로와 다시 삶을 살아갈 수 있는 시발점이 될 것이다.

견디자! 보이지 않는 아픔으로 고통받기엔 당신은 너무 열심히, 또 너무 잘 살아왔다. 동트기 전이 가장 어둡다 하지 않았는가. 아침이 오려면 어두운 밤을 지나야 한다고 하지 않았는가.

당신의 아침은 누구보다 밝고 화창하리라고 확신한다.

06 은둔형 외톨이

흔히 "우울증이다."라고 이야기하면 대부분 은둔형 외톨이를 생각하기 쉽다.

온통 검은 배경과 방 안 구석에 웅크리고 앉아서 타인과의 접촉은 물론이고 가족과의 대화도 없는 모습. 웅크린 무릎 사이로 고개를 파묻고 눈물을 보이거나 혼잣말을 하고 경계심이 심각해서 혼자서는 아무것도 하지 못하는 존재. 항상 눈물을 머금고 있고 사소한 일에도 대성통곡하는 존재. 그것이 대부분의 머릿속에 있는 우울증 환자의 모습이 아닐까 싶다.

우리 어머니도 우울증 환자이시다. 나와 어머니를 비교해 우울증 환자의 모습을 정의 내릴 수는 없지만, 그래도 비교해서 이야기해 보면 위에 써 놓은 모습은 환자별로 큰 차이를 보인다고 할 수 있다.

우선 우울증을 앓게 되면 의욕이 떨어지고 무엇으로도 컨트롤하기 힘든 심한 무기력감이 찾아온다. 그 때문에 방에서 나가기 싫고 혼자 있게 되며 대부분의 시간을 침대 혹은 혼자만의 공간에서 보내게 된다. 그런 면에서 보면 은둔형 외톨이라고 생각할 수는 있겠지만, 어머니도, 나도 사람을 만나 이야기하는 것을 심하게 거부한다거나 타인과의 접촉을 피하지는 않는다. 또한, 타인을 만나 이야기를 나눌 때 오히려 기분이 올라가는 경우가 종종 있는 것을 보면 우울증 환자 모두가 집 안 구석에 웅크리고 앉아 천장만 바라보는 모습으로 생각하는 건 무리가 있다고 생각한다.

오히려 그렇게 생각하는 사회의 편견이 우울증 환자를 더욱 더 방 안에 가두게 되는 것 같다.

이렇게 이야기하면 많은 환자와 환자의 보호자들은 '무조건 밖으로 나가야 하나?'라는 의문을 갖기 쉽다.

난 의학 전문가가 아니다. 하지만 내 몸으로 내가 임상 실험을 해 본 결과를 말하자면 "환자의 뜻에 따르되, 규칙적으로 외부와의 접촉이 필요하다."라고 말하고 싶다.

자, 이 말을 좀 더 풀어서 이야기해 보면 한없이 떨어지는 기분과 의욕 저하, 심한 무기력감이 온몸을 휘감고 있다. 그 때문에 혼자 있는 시간이 길 수밖에 없지만 혼자 있는 시간이 길어지게 되면 자연스레 무의식적으로 망상을 하게 될 가능성이 상당히 커진다. 또한, 혼자 있는 시간이 길어지게 되면 사회와의 벽이 두꺼워져 병의 치료 시기 역시 늦춰지게 된다.

그 때문에 주기적으로 바깥 산책 및 타인과의 대화를 적극적으로 추천한다.

말이야 쉽지만, 실천으로 옮기기까지는 엄청난 결심과 고통이 따를 것임을 알고 있다. 하지만 방문을 열고 나가는 그 마음이 있다면 마음속 아픔도 마음의 문을 열고 멀리 내쫓을 수 있다는 것을 기억하자.

나의 경우엔 한창 우울증의 늪에 빠져 허우적거릴 때는 밖으로 나가는 것이 너무도 귀찮고 두렵기도 했으며 심지어 무섭기까지 하여 몇 번을 망설인 끝에 동네 슈퍼에 가는 것을 성공한 경험이 있다. 주변의 말을 들어보면 혼자 집 안에 있는 것이 본인 스스로도 감당할 수 없을 만큼 한심하게 느껴져 운동을 결심하고 피트니스 센터 문 앞까지 갔지만, 사람들이 본인을 쳐다보는 시선에 숨이 가빠오고 한없이 초라해지는 감정을 느껴 다시 집으로 돌아왔다는 이야기를 들은 적이 있다. 문 앞까지 갔다가 돌아왔지만, 그래도 갔다는 사실이 중요한 것 아닐까? 그만큼 무엇으로도 독려할 수 없는 본인의 의지가 있었다는 것이 중요한 것이 아닐까 싶다. 또한, 운동하겠다고 마음먹은 그 결심에 나는 기립박수라도 보내 주고 싶다.

밖으로 나가 보자!

반려견이 있다면 반려견과 함께 산책하러 나가서 공원에 함께 산책 나온 견주들과 이야기도 나눠 보고 내가 사랑하는 반려견의 행복한 모습도 함께 느껴 보자.

나의 경우에는 전통 시장이 굉장히 많은 도움이 되었다.

새벽 시간에 전통 시장에 한번 가 보자. 영하 20℃에 가까운 동장군의 맹위에도 나이가 지긋하신 고령의 어르신들이 보따리에 한 짐 지고 나와 차가운 아스팔트 바닥에 상품을 펼쳐 놓는 모습을 보고 있노라면 뜨끈한 전기장판 위에 누워서 천장만 바라보던 내게 힘이 될 것이다. 새벽에 일어나는 것이 힘들다면 언제라도 좋다. 전통 시장은 언제든 활기 넘치고 사람 간의 정이 느껴지는 곳이기 때문에 언제라도 마음의 문을 활짝 열고 시장에 다녀와 보자. 시장이 아니더라도 좋다. 사람이 많은 곳이 처음부터 가기에는 부담이라면 동네 슈퍼도 좋고 동네 뒷산도 좋다. 그것도 아니라면 평소 본인이 즐겨 하던 취미를 가까운 카페에서 해 보자. 머무는 시간은 상관없다. 10분이어도 좋고 20분도 좋다. 다만 일주일에 한 번, 열흘에 한 번 하는 식으로 규칙적인 주기를 정해놓고 하길 추천한다.

난 등산을 참 좋아한다. 가슴이 답답하고 힘들어질 때면 가끔 혼자 등산을 하러 간다. 내가 좋아하는 등산 코스를 추천하자면 충청북도 보은에 있는 '속리산 국립공원'이다. 집에서 버스를 타고 1시간여를 달리면 나오는데 속리산을 갈 때는 일부러 버스를 애용한다. 혼자 천천히 오르면 왕복 5시간이면 그렇게 힘든 코스 없이 산행을 마칠 수 있다. 내가 속리산을 갈 때 버스를 애용하는 이유가 있다. 산행을 끝낸 후에 먹는 막걸리가 무엇과도 바꿀 수 없을 만큼 일품이기 때문이다. 그 하산주의 맛을 느껴보면 '내가 정말 공기 맑고 물 좋은 곳에서 그야말로 힐링을 했구나!'를 단번에 느낄 수 있다.

뭐든 처음이 힘들고 두렵다. 그리고 처음 그 발걸음이 그토록 무겁고 침대에 누워 있는 내 몸을 일으키는 것조차 힘들 수밖에 없다. 사실이다. 그러나 고통의 나날을 보내고 있다면 그 고통에서 탈출할 탈출구도 찾아야 한다. 그 방법 중 하나를 소개한 것이니 용기 내어 문을 열어 보자.

또 하나, 나만의 힘든 마음 탈출법을 소개하자면 난 정신과 병원에 갈 때는 10번에 8번 이상은 가지고 있는 옷 중에서 일부러 멋진 옷을 찾아 입고 꾸미고 갔다. 이유는 여러 가지이지만 그중 한 가지를 이야기한다면 병원에서 나온 뒤에 바로 집으로 향하지 않기 위해서였다.

새 옷을 입으면 왠지 모르게 설레고 어딘가 가고 싶고 누구든 만나고 싶은 기분이 생기지 않는가? 꼭 새 옷이 아니더라도 내가 할 수 있는 선에서 잘 꾸미고 나간다면 기분 전환은 물론이고 나를 집 밖으로 나갈 수 있게 만드는 또 하나의 계기가 될 것이다. 난 집에서 차로 1시간 정도 거리에 있는 병원에 다녔는데 병원에 가는 날이면 으레 병원 주변 카페에 들러 사람 구경을 한다던가, 마트에 들러 장을 보고 일부러 잡을 수 있으면 친구들과의 약속도 병원 가는 날로 잡았다. 그러면 굳이 집에서 나가야겠다는 부담을 덜 수 있었으니 말이다.

어떤 시도라도 좋다. 어떤 시도도 응원과 격려를 받아야 마땅하다. 만약 본인의 노력을 이해해 줄 수 있는 사람이 없다면 본인 스스로에게 칭찬과 격려를 아끼지 말자. 혹은 환자의 보호자가 지금 이 글을 보고 있다면 환자 스스로 방문을 열고 나올 때 무한한 격려와 응원을 아끼지 말기를 바란다. 다만 주의할 것은 환자를 재촉해서는 안 된다는 것이다. 무조건 밖으로 내쫓는 것은 벼랑 끝에 있는 사람을 낭떠러지로 밀어내는 것 밖에는 되지 않는다. 선택은 어디까지나 환자 본인이 할 수 있도록 해야 하며 그 선택을 기다리는 것도 환자 보호자의 덕목이라고 할 수 있다.

당신의 한 발자국을 응원한다. 우리의 한 발자국은 일반인의 천 걸음과 같다고 생각하기 때문에 당신의 한 발자국은 곧 당신이 나아지는 지름길로의 직행 노선임을 기억하자.

자, 그럼 지금부터 침대에서 나와서 현관문을 열어 보자!

07 알코올의 유혹

나는 술을 좋아한다. 아니, 사랑한다.

주량이 엄청난 건 아니지만 그래도 보통 사람들에게 지지 않을 정도로는 마실 수 있다. 소주는 3병, 맥주는 5,000cc, 와인은 두 병이면 정신을 잃을 정도는 아니지만, 몸을 가누기는 힘들 정도가 된다. 술을 좋아하고 사랑하기에 자주 찾게 된다. 보통 일주일에 두세 번은 술과 함께 밤을 맞이하는 것 같다.

술을 마시는 이유는 여러 가지가 있지만, 가장 큰 것은 '기분' 때문이다.

난 주로 '혼술'을 자주 하는데, 일주일간의 피로와 스트레스를 술 한잔이라는 핑계로 누구에게도 간섭받지 않고 오롯이 나만의 시간에 나만의 공간에서 점점 취해 가는 그 기분을 즐긴다. 주종은 주로 맥주이다. 따끔따끔한 탄산이 목을 타고 넘어가 온몸에 전율이 흐르듯이 취기가 감돌면 노곤해지는 몸과 눈꺼풀이 피로를 날려주기에 더없이 좋다.

안주는 잘 먹진 않지만, 과자를 주로 먹는다. 왠지 술과 함께 기름지고 무거운 안주를 먹으면 살이 찔 것만 같은 죄책감에 과자 안주를 주로 선택한다. 설탕이 없고 짜지 않으며 담백한 맛을 내는 과자가 내 1순위 안주이다.

요즘은 값이 저렴한 맥주도 많이 나와 있어서 경제적인 부담도 줄어들었다. 기분 좋게 마시면 캔 맥주 6개들이 두 묶음 정도 마셨을 때 기분 좋은 밤을 보낼 수 있다. 그래서 나는 일주일의 희망을 주말에 걸고 생활했었다.

우리 아버지는 매일 술을 드신다. 내 기억이 맞는다면 내가 기억이 있는 5~6살 무렵부터이니 상당히 오래되신 것 같다. 아버지의 주종은 소주이고 매일 1병에서 1병 반 또는 2병을 하루도 빠지지 않고 드신다. 아버지의 안주는 매일 바뀐다. 찌개, 탕, 볶음 등. 그러나 그 안에는 무조건 고기가 한 점이라도 들어가야 한다. 안 그러면 안주가 안 된다고 하신다. 그 안주를 만드는 건 당연히 어머니의 몫이다. 이건 누가 봐도 중독이다. 1년 365일 중에서 정말 특별한 경우를 제외한 360일 이상을 이렇게 소주와 함께하신다. 아버지 당신도 당신의 중독을 인정하신다. 그리고 말씀하신다.

"술 마시지 마라."

어느 정도는 이해하고 납득하지만, 가슴으로 받아들여지지는 않는다.

난 우울증 진단을 받기 전까지 술을 마시면서 건강에 대해 걱정하지는 않았다. 술은 내가 굳이 이야기하지 않아도 많이 마시게 되면 건강상 이로울 것이 하나도 없다는 것은 전 세계 사람들이 이미 다 알고 있는 사실일 것이다. 그러나 기분 좋아지려고 마시는 술을 이것저것 따져가며 그 또한 걱정거리로 스트레스받기는 싫었다. 그냥 그 순간의 기분에 충실했었고 그 순간의 시간에 열정을 다했었다. 그런데 우울증 진단을 받고 나서는 술 역시 나에게 스트레스로 다가왔다.

결론부터 이야기하면 우울증과 술은 적대적인 관계이기 때문에 '절주'도 아닌 '금주(禁酒)'와 '단주(斷酒)'가 되어야 한다.

처음에는 병원에 가면 담배 피우지 말고 술 마시지 말라는 이야기를 어떤 과에서 진료받든지 매뉴얼처럼 하는 이야기이기 때문에 흘려들었었다. 그렇지만 난 치료의 의지가 강했기 때문에 평소보다 술을 마시는 횟수와 양을 줄이기는 했다. 그렇게 몇 달이 흘렀을까? 하루는 병원에 가는 전날 과음을 하여 면도도 제대로 못 하고 병원을 찾은 적이 있다. 그때 담당 주치의 선생님이 하셨던 말을 지금도 생생히 기억한다.

"용현 씨, 술에 대해 조절이 안 되면 내가 더 이상 도와줄 수 없습니다. 알코올 중독 전문 병원에서 도움을 받아야 해요. 더구나 용현 씨는 중독의 유전인자까지 가지고 있기 때문에 더욱 더 조심해야 합니다."

평소엔 평정심을 유지하던 선생님께서 단호하고 격앙된 채로 말씀하셔서 당황스럽고 놀라기까지 했었다. 아뿔싸! 알코올 중독 병원은 무슨 말이고 중독의 유전인자는 무엇이란 말인가. 병원에서 나와서 한참을 멍하니 차 안에 앉아 있었다.

우울증을 앓고 있는 사람이 술을 마시면 위험한 이유는 약보다 술의 효과가 빠르기 때문이다. 우울한 마음을 단시간에 끌어 올려주는 것의 최고봉이 술 아니던가. 한 잔만 마셔도 나른한 기운을 해피 바이러스로 만들어 주고 세상의 모든 것을 긍정으로 바꿔준다. 뭐 반대의 경우도 있겠지만, 가장 큰 것은 기분의 변화를 가장 빠른 시간 내에 느낄 수 있게 해 주는 것이 '술'이라는 사실이다. 그 때문에 술에 의존하기 시작하면 그때부터는 정신과 진료를 받는 것이 아니라 알코올 중독 병원에서 중독에 대한 치료를 받아야 한다는 선생님의 말씀이었다. 순간 정신이 아득해졌다. 그저 기분 좋아지려고 먹었던 술이 이토록 나에게 안 좋았던 것인가. 또 물려받을 것이 없어 술 중독의 유전인자를 물려받았단 말인가? 분하기도 하고 억울하기도 했다. 도대체 나와 무슨 악연이기 때문에 이렇게 날 괴롭히는지 그 순간만큼은 아버지에 대한 분노가 극에 달했었다.

그 길로 병원을 나와 집으로 향했다. 집에 도착하자마자 내 방의 냉장고에 있던 맥주들을 모조리 하수구에 쏟아 버리고 '금주'와 '단주'를 선언했다. 지금 당장은 술을 마시고도 사회생활을 하는 데 회사를 지각한다거나 해야 할 일을 못 했다거나 하지는 않았지만, 시간이 지나고 술에 의존하게 되면서 그런 일들이 빈번해질지도 몰랐다. 더구나 우울증은 재발이 심한 병이고 마음이 약해질수록 술에 대한 의존도가 일반인에 비해 월등히 높다는 것도 내가 술을 멀리해야 하는 이유 중의 하나였다. 더구나 중독 유전인자가 있으면 알코올 중독자가 되는 길은 일반인에 비해 몇 배나 더 높다는 말도 내 가슴속에 비수처럼 꽂혔다.

그렇게 두 달 반 동안 '단주'했다.

아침이 상쾌해졌고 무기력감이 덜해졌다. 몸이 가벼워지고 살이 빠져 복근이 선명해졌다. 분명 긍정적인 변화였다. 가끔 술에 대한 욕구가 치밀어 오를 때는 운동을 하거나 거울 속에 비친 내 모습을 보며 참아내곤 했다.

분명 술은 우울증과 적대적 관계이다.

끊을 수 없다면 횟수와 양을 줄여 보자. 나의 경우엔 담당 주치의 선생님의 충격 요법이 있어 단번에 끊을 수 있었지만, 그렇지 못하다면 술을 최대한 천천히 마셔 보자. 소주는 한 잔을 두 번에 나눠서, 맥주는 여러 모금으로 나누어 천천히 마시다 보면 자연스레 술의 양과 마시는 횟수가 줄어들 것이다.

난 그 말이 가장 마음에 와닿았다.

"술을 마시면 내가 도와줄 수 없어요. 알코올 중독 병원의 도움을 받아야 해요."

생각해 봐라. 우울증을 가지고 마음이 고통스러워서 힘든 것도 억울한데 알코올 중독까지 치료받아야 한다면 그것처럼 힘든 일이 어디 있을까?

술은 마음이 약해진 틈을 비집고 들어와 우리를 흔들어 놓고 떠나는 악랄한 사기꾼이다. 기분이 좋아진 것처럼 우리를 속여서 결국 파멸의 길로 몰아넣는 그것을 이제는 멀리해야 할 것이다.

꼭 우울증 때문이 아니더라도 금주 시 나타나는 몸의 변화는 상당하다. 여기서 굳이 나열하지 않더라도 우리의 머릿속에 있는 그것들이 모두 우리가 술을 끊었을 때 나타날 수 있는 긍정적인 변화들이다. 마음의 문을 열고 세상으로 한 발을 내디뎠다면 이제 술과의 이별로 밝은 아침과도 가까워져 보자.

08 잠들고 싶다

몸이 녹초가 된 채로 집으로 돌아왔다. 새벽에 일어나 여기저기 출장을 다니고 교육했다. 중간에 카페에 들러 사무 업무도 봤다. 퇴근길엔 동네 피트니스 센터에서 근력 운동과 유산소 운동까지 마치고 들어왔다. 씻고 정리하고 침대에 누우니 시곗바늘은 11시를 훌쩍 넘어 12시를 향해 가고 있었다. 바로 잠들어도 내게 확보된 수면 시간은 6시간이 채 되지 않는다. 눈을 감고 잠을 청해 보지만, 힘든 몸과는 다르게 잠이 오지 않는다. 큰일이다. 시간은 자꾸 흐르는데 잠은 오지 않는다. 양을 백 마리쯤 세었을까? 간신히 잠들었지만, 2시가 되기 전에 잠에서 깼다. 그리고 정신이 맑아지고 뒤척이길 몇 시간 후, 새벽 4시쯤에 잠들어 새벽 5시 반에 깨었다. 잠을 잤다고 하기에도 뭐하고 안 잤다고 하기에도 뭐한 이런 수면 패턴은 수년간 나를 괴롭혔다. 이 또한 우울증의 원인이라고 할 수 있다. 불면증의 원인은 분명 집안일과 업무적인 일로 받은 스트레스였다.

불면증은 한동안 나아지는 듯하다가 내가 우울증의 전조 증상을 느낄 때쯤 다시 시작되었다. 잠을 자지 못하고 장시간 동안 운전하니 이건 마치 나 스스로 목숨을 자동차 바퀴에 내던지는 것과 같았다. 그뿐만 아니라 예민함은 극에 달했고 누가 건드려 주기만을 기다리는 시한폭탄과 같았다.

처음 병원을 내원하여 증상을 설명할 때 잠들지 못하는 것에 대한 불편함도 설명했던 터라 초창기부터 지금까지도 수면을 관장하는 약들을 처방받아 오고 있다.

잠이 들지 못하는 것은 엄청난 고통이다. 잠이 보약이라는 말이 있지 않은가. 잠을 잘 자기 위해 침대 회사들은 100년의 전통을 자랑하며 자사의 스프링을 최고라 칭하고 있다. 잠을 잘 잘 수 있는 베개는 값이 수십만 원에 달하는 것도 있다. 그래서 초창기에 받았던 약들을 먹었을 때 중간에 깨지 않고 잠들 수 있음에 얼마나 감사했는지 모른다.

그러나 이렇게 행복하게 마무리되었다면 얼마나 좋았을까?

중간에 깨지 않는 것은 좋았으나, 문제는 악몽이었다.

사지를 찢기는 꿈과 누군가가 나를 잡아끌고 벼랑 끝으로 내모는 꿈을 꾸었고 누군가가 나를 죽이러 칼을 들고 와 피를 보는 꿈도 꾸었다. 사실 아직도 이 증상은 나아지지 않고 있다. 약을 먹고는 있지만, 악몽은 여전하다. 그렇다고 약을 조금 더 강하게 먹으면 온종일 피곤해서 아무 일도 하지 못하는 상황이 발생한다.

난 의학 전문가는 아니지만, 이 또한 나만의 방법으로 악몽의 횟수와 깊이를 조절하고 있는 중이다. 언젠가 침대에 누워 있는 것만으로도 우리의 뇌는 잠드는 것으로 인식한다는 전문가의 의견을 들은 적이 있다. 그 때문에 낮 동안에는 되도록 침대를 멀리하는 편이다. 그리고 최대한 긍정적인 생각을 하려고 노력 중이다.

너무도 교과서적인 이야기겠지만, 잠들기 전에 양도 세어 보고 따뜻한 우유도 마셔 보고 잠을 잘 잘 수 있는 체조가 있다고 하여 그것도 해 보고 잠을 자기 위해서 온갖 방법을 다 써 본 나에게는 최선의 방법이다.

잠을 못 자는 것이 얼마나 불편하고 힘든 일인지 불면증을 앓는 사람이라면 이해할 것이다. 어쩌다 깜빡하고 약을 안 먹는 날이면 하루에 일곱 번을 깨는 것은 예삿일이다. 언제인가 한 번은 아침에 일어나자마자 화부터 난 적도 있었다. 사실 불면증은 아직도 진행 중이기 때문에 더 지켜봐야 하지만, 나의 결과도 그렇고 침대에서의 시간을 줄이는 것은 불면증의 치료에 도움이 되는 것이 분명해 보인다.

꼭 수면 때문이 아니더라도 침대에서의 멍한 시간이 좋지 않음은 우리 모두 잘 알고 있지 않은가? 당장 침대에서 벗어나기가 어렵다면 하루에 30분씩이라도 침대에 누워있는 시간을 점점 줄여 보자. 수면은 물론이고 마음의 아픔도 나아지리라고 확신한다.

09 ‘졸피뎀’과의 만남

정신과에서 처방하는 약 중에는 ‘향정신성의약품’이 꽤 많이 있다. 비전문가인 내가 알고 있는 것만 해도 상당하니 내가 알지 못하는 것은 더 많으리라 생각된다.

‘향정신성의약품’은 사람의 중추신경계에 작용하는 것으로 이를 오용(잘못 사용)하거나 남용(일정한 기준이나 한도를 넘어서 함부로 사용)하는 경우 인체에 심각한 위해가 있다고 인정되는 물질을 의미한다. 복용하거나 흡입할 경우 중추신경계에 자극을 주어 사고, 행동, 감정 등에 변화를 가져오는 물질로, 환각, 각성, 수면 또는 진정 등의 작용을 한다. 오용하거나 남용할 경우 신체적 또는 정신적 의존성을 일으키며 「마약류 관리에 관한 법률」 등에 의해 지정되고 관리된다.[2]

그중에서 나처럼 불면증을 앓는 사람들에게 처방되는 약이 바로 ‘졸피뎀’이다. 나는 ‘졸피뎀’과 같은 성분인 ‘졸피람’을 처방받았는데 성분은 같고 이름만 다른 약으로 알고 있다. 졸피뎀은 TV에 나오는 연예인들의 마약 관련 사고에서 몇 번 들었던 기억

2) 출처: [네이버 지식백과] 향정신성의약품(약학 용어사전).

이 있고 강간 약물 및 부작용을 다룬 다큐멘터리 프로그램에서도 본 적이 있다.

내가 정신과 약을 먹기 시작하면서 관심을 갖게 된 것이 있는데 바로 처방전이다. 이전에는 감기에 걸려 병원에 가서 처방을 받아도 약국에 가는 동안 눈길 한 번 안 줬었는데 정신과 약은 걸어서 서른 발자국도 안 되는 약국을 갈 때도 하나하나 세밀하게 읽어 보고 모르는 약을 새로 처방받으면 약사님께 문의하거나 인터넷 검색으로 찾아보기까지 한다. 그 때문에 처음 처방전에서 '졸피람'이란 이름을 보고 약사님께 이게 '졸피뎀'과 같은 성분인지 한참을 여쭤봤던 것 같다.

내가 봤던 다큐멘터리에서는 졸피뎀의 부작용에 대해서 다루었었는데 중독성이 강하고 환각 증상이 나타나며 약을 먹은 뒤 본인이 한 행동을 기억하지 못하는 위험성을 이야기했다. 그 때문에 처방받기 전까지는 졸피뎀이 마치 마약이라도 되는 것처럼 생각하고 있었고 먹으면 큰일이 나는 약으로만 머릿속에 기억하고 있었다.

인터넷에 '졸피뎀'이라고 세 글자를 입력하니 연관 검색어로 '졸피뎀 부작용'이 검색될 정도로 나와 같은 불안을 느끼는 사람이 꽤 많은 것 같다. 그래도 어찌할까. 밤에 잠을 잘 수 없는 고통은 이루 말할 수가 없는데.

졸피람을 처음 먹던 날은 마치 범죄라도 저지르는 것처럼 괜스레 눈치를 보게 되고 부들부들 떨리는 손으로 약을 먹었었다. 엄밀히 말하자면 「마약류 관리에 관한 법률」로 관리되는 위험 약물이 아닌가. 졸피람을 먹어본 사람들은 알겠지만, 처음 이 약을 보면 이게 정말 효과가 있을까 싶을 정도로 아주 작다. 다른 약들에 비해서 눈에 띄게 작고 긴 그것이 과연 잠을 재워줄 수 있다고? 의심이 들었지만, 어쩔 재간이 없었다. 그저 제발 나에게는 다큐멘터리에서 나왔던 그런 부작용이 일어나지 않기를 바라는 수밖에.

하지만 '나'라고 해서 다를까? 정말 며칠은 이래도 되나 싶을 정도로 꿀맛 같은 잠을 잘 수 있었다. 수년간 나를 괴롭히던 불면증이 이 티끌 같은 약 한 알로 해결되는 듯이 보였다. 그렇게 며칠을 문제없이 약을 먹었는데 졸피람을 먹은 지 일주일쯤 지났을까? 아침에 눈을 떠 보니 내가 침대가 아닌 엉뚱한 곳에 누워 있는 게 아닌가. 그뿐만 아니라 휴대전화 SNS 발신 내역에는 보낸 기억도 없는 메시지가 전송되어 있었다.

부작용이었다.

처음엔 한두 번 그러다 말겠지 하고 생각했지만, 시간이 지나고 졸피람을 먹는 횟수가 늘어나면서 그와 같은 일이 빈번해졌고 마치 몽유병 환자처럼 약을 먹고 잠든 그 순간을 기억하지 못하는 경우도 있었다. 큰일이 날 것만 같았다. 휴대전화로 다시 졸피뎀 부작용을 검색해 보니 나와 같은 증상을 느끼는 사람들이 굉장히 많았다. 시간이 지날수록 약에 내성이 생겨 처음엔 1알로 시작했지만, 이제는 하루에 5알씩 먹어야 잠이 오는 사람도 있다고 했다. 심지어 기억이 나지 않는 그 순간에 자해한다거나 처방받은 약을 한꺼번에 먹는 등 위험한 행동을 하는 일도 잦아진다고 했다.

무서웠다.

단순히 잠을 자고 싶었던 것인데 이토록 무서운 약까지 먹어야 한다니. 마음이 더욱더 무거워졌다. 그래서 그날 이후로는 최대한 졸피람을 안 먹고 잠들려고 노력하고 있다. 사실 내가 처방받는 약 중에는 수면을 관장하는 약이 많이 있어 심할 경우를 제외하고는 졸피람을 먹지 않아도 잠을 잘 수는 있지만, 졸피람처럼 효과가 빠른 약은 없는 것 같다. 보통은 한 알을 먹고 30분이 채 되기도 전에 잠이 들고 부작용만 제외한다면 수면의 질 역시 비교적 높다. 계륵과 같은 존재이다.

물론 사람에 따라 부작용은 개인차가 있을 수 있다. 꼭 전문가와 상의해서 약을 처방받기를 바란다. 나의 경우엔 졸피람의 생김새를 구분할 수 있어서 잠드는 것이 심하게 어렵지 않은 경우엔 빼고 먹었고 약을 반으로 쪼개어 반 알씩 먹은 경우도 있었다. 본인의 상태에 따라 적절하게 처방받는다면 약이 될 수 있지만, 어디까지나 항상 주의할 필요가 있다는 것을 명심하기 바란다.

10 미친 듯이 몰두하다

집중력이 현저하게 떨어진다. 매일 반복하는 작업도 버벅대게 되고 도통 능률이 오르지 않는다. 온종일 멍한 기분이 들고 심각한 무기력감으로 일할 수가 없다. 그 때문에 고도의 정신력으로 나와의 싸움을 벌여야 한다. 싸움이다. 결투이자 전쟁이다. 이 싸움에서 지면 돌이킬 수 없는 늪에 빠져 헤어나오기 힘들어진다. 날마다 전쟁 같은 시간을 보내고 있다. 집중할 수 있는 것이 무엇이라도 있어야 그나마 마음의 안정을 찾을 수 있다.

그 어떤 일이든지 미친 듯이 몰두했다. 하다못해 집 안 청소부터 지금 이렇게 글을 쓰는 일까지 미친 듯이 몰두하지 않으면 전쟁의 패배자가 될 것만 같아 두렵기만 하다. 혼자 있는 시간과 멍하니 있는 시간을 갖지 않으려고 무진장 애를 쓰고 있다. 약물치료가 시작된 지 이제 곧 1년이 되어 가지만 내 상태는 큰 호전의 기미가 보이지 않아 속상할 따름이다.

그래도 희망을 갖는다.

오랜 시간을 함께해야 하는 병이라면 조금은 이런 시간도 즐겨 보기로 했다. 그리고 이 시간을 소중히 생각하기로 했다. 나를 조금 더 생각하고 나에 대해 돌아볼 수 있는 온전한 시간이 아닌가. 너무 앞만 바라본 나에게 잠시 쉼표가 되는 시간이라면 이 또한 나에게 꼭 필요하므로 누군가가 내려준 것으로 생각하기로 했다.

긍정적인 생각을 연습한다.

자꾸만 긍정적인 생각을 해야 모든 일에 긍정의 마인드로 다가설 수 있다. 난 나를 믿고 나를 의지한다. 내 긍정의 에너지를 응원한다.

3장. 1시간, 삶이 변하는 시간

01 벼랑 끝 지푸라기

초등학교 2학년 때로 기억한다. 여름에 가족끼리 계곡으로 놀러 갔던 적이 있다. 매년 여름이면 꼭 한두 번은 가는 곳이었는데 그곳은 절경도 절경이지만 '바위 미끄럼틀'이 명소인 곳이었다. 평평한 바위들 위로 물길이 나면서 그 물살에 몸을 맡기면 저 위쪽에서부터 물을 타고 아래쪽까지 쓸려 내려오다시피 하는 그야말로 자연 놀이터였다. 나는 그곳에 간다는 이야기가 나오면 며칠 전부터 친구들한테 입에 침이 마르도록 자랑했다. 그날도 여느 때와 다르지 않게 계곡 전용 파란 플라스틱 가방에 코펠과 버너를 챙기고 먹음직한 삼겹살과 파무침, 상추, 물을 붓고 끓이기만 하면 보글보글 맛있게 끓어오를 어머니 표 특제 된장찌개까지 모든 것을 완벽하게 준비했다. 그렇게 짐을 바리바리 싸서 차를 타고 1시간을 달려 도착한 그곳은 그야말로 지상낙원이었다. 도착하자마자 학교에서 배운 대로 간단한 몸풀기를 한 뒤 물속으로 직행했다. 무더운 여름의 열기를 뼛속까지 식혀 주기에 더할 나위가 없었다. 한참을 얕은 곳에서 놀다가 이제 본격적인 준비를 하고 바위 미끄럼틀을 타러 갔다. 지금이야 어린이용 안전 장비가 잘 갖춰져 있어서 마트에만 가도 작은 사이즈의 구명조끼를 쉽게 구할 수 있지만, 그때는 최고의 안전 장비라 해 봤자 고무 튜브가 전부였다. 색동 고무 튜브를 허리에 끼고 바위 위에 올라 몸을 맡겼다. 바위틈으로 미끄러져 물속으로 빠지는 그 재미는 나를 흥분시키기에 충분했다.

'조금 더 높이!'

극한의 재미를 맛보기 위해 고무 튜브를 끼고 물줄기가 시작되는 가장 높은 곳까지 올라갔다.

'이제 시작이다!'

확실히 중간에서 시작했을 때보다 가속도가 붙어 더 스릴감이 있었다. 그렇게 몇 번을 타고 점심 먹기 전에 마지막으로 미끄럼을 향해 올라가 바위에 앉는 순간 일이 벌어졌다. 고무 튜브가 터져버린 것이었다. 계속되는 바위와의 마찰로 튜브에 구멍이 생겨 바람이 다 빠져 버렸다. 큰일이었다. 이미 내리막의 정점에서 가속도는 크게 붙어 있었고 미끄럼이 끝나는 물속은 발이 닿지 않는 깊은 웅덩이가 있는 곳이었다. 나는 여지없이 웅덩이 속으로 빠져 버렸고 머리가 잠기고 나서 한참을 더 들어가도 발이 닿지 않았다. 순간 아찔했고 극한의 공포가 휘몰아쳤다. 숨이 가빠오고 뭐라도 잡아야겠다는 생각에 이리저리 팔을 휘둘렀다. 사실 얼마나 그렇게 있었는지는 모르겠지만 내 생각에는 1년 같은 몇 초였다. 그렇게 허우적거리다 손끝에 뭐가 걸렸다. 이거다 싶어 죽기 살기로 매달려 물 위로 올라오는 데 성공했다. 정신없이 숨을 헐떡이며 내가 잡은 것을 보니 누가 쓰다 버린 스티로폼 박스였다. 여차여차해서 난 지금까지 무사하게 살아 있고 그날의 절박함과 공포는 지금까지도 생생하게 머릿속에 저장되어 있을 만큼 나에게는 아찔한 경험이었다.

내가 이렇게 물에 빠진 이야기를 세세하게 한 이유는 아마 그때의 그 절박함이 지금의 절박함과 많이 닮았지 않았을까 해서다.

물에 빠진 그 순간만큼은 정말 손에 지푸라기라도 걸렸으면 하는 바람이 있었다. 허우적거릴수록 숨은 더 차오르고 숨이 차오르는 것과 동시에 죽을 것 같은 공포가 감싸 왔던 그 순간처럼 내가 그랬다.

약은 자꾸 한 알, 한 알 늘어만 가는데, 우울감은 나아지지 않고 아무리 긍정적인 생각 연습과 운동을 병행하며 혼자 있는 시간을 줄여보려 발악했지만, 한 번씩 훅 올라오는 우울감과 자살 충동은 어찌해야 할지 방법을 찾지 못했다.

약물치료를 본격적으로 시작한 지 6개월.

자존심이 굉장히 강했고 남들뿐만 아니라 가족들에게도 좋은 것만 보여 주려 했던 그때, 나는 유일하게 내 속마음을 터놓을 수 있었던 누나와 이야기하며 눈물을 보이기 일쑤였다. 그냥 답답했고, 그냥 서러움이 폭발해 아무 이유 없이 눈물을 흘렸다. 우울증으로 휴직한 상태인데 상태는 호전의 기미가 보이지 않고 끝이 보이지 않는 암흑의 터널을 지나는 느낌이라고나 할까? 정말로 암담했고, 마치 물에 빠진 그때의 나처럼 뭐라도 손에 걸렸으면 하는 간절함이 가득했다.

방법을 찾아야 했다. 혼자 이렇게 아등바등 악을 쓴다고 해결될 일이 아니었다. 전문가의 도움이 필요했고 그것이 약으로 해결될 수 있는 것이 아니라면 다른 방법이 있는지 찾아야 했다. 빨리 호전될 방법이 절실했다.

그래서 생각한 것이 입원 치료였다. 약이 맞지 않아 고생하고 있다면 정신과 병동에 입원해서 즉시 수정된 처방을 받을 수 있는 입원 치료가 최후의 선택이라고 생각했다. 그때부터 알아보기 시작했다. 대학 병원도 알아보고 거리가 좀 있는 곳의 1차, 2차 병원도 알아봤다. 내 상태만 좋아질 수 있다면 상관없었다.

그런데 문득 그런 생각이 들었다. '정신과 병동에 입원해 있으면 과연 내 자존감이 버틸 수 있을 것인가?' 또는 '정신과 병원에 입원했다는 이야기를 듣는다면 부모님과 주변 사람들이 나를 이상하게 보거나 더 마음 아파하지 않을까?'라는 의문이 들었다. 그 의문에 대한 답은 나만이 내릴 수 있었고 한참을 고민 끝에 입원 치료는 조금 더 지켜보기로 결론 내렸다. 정신과 병동이 아니라면 그 당시의 선택지 중에서 남은 것은 심리 상담 치료였다.

보통 감기에 걸려 병원을 찾게 되면 의사 선생님을 만나는 시간이 채 5분도 안 될 것이다. 나의 경우엔 단골 이비인후과에 가서 접수부터 처방전을 받아 병원을 나오기까지 대기 시간이 없다면 10분 안쪽으로 진료는 물론이거니와 주사까지 맞을 수 있다.

반면에 정신과 진료는 보통 초진의 경우 30분가량 상담했던 것 같고 재진의 경우에도 15분에서 20분 정도 상담과 진료를 본다. 다른 과에 비해 의사 선생님과 이야기를 많이 나눈다는 의미이다. 그런데도 심리 상담 치료를 고려해 본 이유는 그 15분에서 20분 사이에 쏟아내지 못한 마음의 응어리와 아픔을 어루만져 줄 수 있지 않을까 하는 기대에서였다.

가장 시급한 것은 약을 대체 할 수 있는 다른 대안이었고 입원 치료가 부담스럽다면 해 볼 수 있는 다른 것들을 하나씩 해봐야 한다고 생각했기 때문에 심리 상담 치료를 알아볼 수밖에 없었다.

사실 심리 상담 치료를 고려하게 된 계기는 좀 특별하다. 내가 가는 병원 같은 층에는 작은 약국이 있는데 그 약국 약사님이 정말로 친절하시다. 매번 약이 늘어날 때마다 함께 걱정해 주시고 상담해 주시며 병원에서는 미처 듣지 못했던 약의 효능과 부작용까지 상세하게 말씀해 주셔서 나로서는 정말 많은 도움이 되었다. 그런데 어느 날 그 약사님께서 본인이 마음의 상처가 있어서 심리 상담을 받았는데 너무 좋았다는 이야기를 해 주셨다. 그러면서 나에게도 한번 받아 보는 것이 어떻겠냐고 조심스럽게 말씀해 주셨다. 사실 그 말을 들었을 때는 늦가을쯤이었고 입원 치료를 고려해 볼 때처럼 상태 호전에 대해 크게 고민할 시기가 아니었다. 그리고 상담 치료에 대해 긍정적으로 생각하고 있지 않을 때여서 좋은 말씀임에도 조금은 흘려들었다.

또 그때까지도 정신과 치료에 완전히 손을 놓기에는 이미 여러 번의 부작용과 금단 증상을 경험했고 약을 끊었을 때의 위험성을 알기에 무엇을 결정하기가 쉽지는 않은 상태였다.

하지만 약물치료를 받은 지 6개월이 지나가면서 어쩌면 완치가 어려울 수도 있을 것 같다는 불안감이 엄습하면서 정말 지푸라기를 잡듯 뭐라도 시작해야 했다.

그래서 결정했다.

상담 치료와 정신과 치료를 병행하기로!

쉽지 않은 결정이었다.

솔직히 말하면 정신과 담당 주치의 선생님은 나의 상담 치료

진행에 대해 부정적인 마음을 가지고 계셨었다. 1회에 10만 원 가까운 비용적인 부분과 상담 치료에서 호전되지 않았을 때 나타날 나의 상실감을 많이 걱정하시는 것 같았다. 하지만 별다른 방법이 없었다. 무작정 약의 효과만을 기대하기에는 내가 너무 지쳐 있었다.

난 그때 매일매일 약을 먹은 기록을 내가 손수 제작한 문서 틀에 기록하고 있었는데 시간이 지나면서 오히려 반비례하여 상태는 더 악화되어 가는 것처럼 보였다. 약의 무게가 무거워서일 수도 있겠지만, 분명 새로운 자극이 필요한 시점이었다.

'제발 이번만큼은….'

그만큼 내 마음은 간절했고 허우적대는 나의 손길에 스티로폼 박스와 같은 무엇이 걸리기를 두 손 모아 바라고 있었다.

02 반신반의

나는 여태 '말하는 것'으로 먹고 살았다.

대학을 수시로 가는 바람에 고등학교 졸업 전에는 내가 사는 지역에서 꽤 유명한 베이커리 카페에서 일했었다. 그곳은 초콜릿과 케이크가 주력 상품이었는데 수능, 빼빼로데이, 크리스마스, 밸런타인데이 등 큰 행사가 있을 때면 온 직원이 초비상사태에 돌입했을 만큼 장사가 잘되었다. 나는 처음에 카페 서빙으로 아르바이트를 시작했다가 손님 응대 재능을 인정받아 카페 담당 매니저로 근무하게 되었고 곧이어 초콜릿과 케이크를 판매하는 판매 담당으로 승진했다. 아르바이트치고는 꽤 빠른 승진이었다. 케이크와 초콜릿뿐만 아니라 교복 판매도 했고 휴대전화도 판매했었다. 이후에는 인터넷 쇼핑몰을 창업해 여성 액세서리를 판매하는 등 말하는 일과 사람을 상대하는 일을 했었고 전문적인 기관에서 말하는 법에 대한 교육을 이수하기도 했다. 지금은 세일즈를 이야기하는 강사로 6년째 근무 중이다. 물론 당장은 마음의 아픔으로 휴직 중이긴 하지만 말이다.

이렇게 내 과거사를 이야기하는 이유는 난 여태 말하는 직업을 가지고 살아왔으며 그만큼 말의 힘이 정말로 대단하다고 여기며 살아왔다는 것을 설명하기 위해서다. 그래서 심리 상담 치료를 받는 것 역시 큰 거부감이 없을 줄 알았다. 그런데 막상 심리 상담 치료를 알아보기 시작하면서 '과연 그렇게 많은 약과 강한 약으로도 힘들었던 감정의 회복을 말 몇 마디 나눠서 해결이 될까?' 하는 의문이 들었다. 그 의문은 단순한 걱정이 아닌 약간의 거부감마저 들게 했고 날 더욱더 힘들게 만들었다.

'일단 해 보자'

그래도 별다른 방법이 없지 않은가. 새로운 자극이 필요한 시점이었고 그 새로운 자극점은 무엇이 되든 이른 시일 내에 나에게 찾아와야 했다.

몸과 마음이 지쳐 있었다.

자의적으로 만들어서 매일매일 쓰던 '투약 일지'에는 내가 처방받은 약을 먹는 내용과 그날의 감정 점수를 매기는 칸이 있었는데 1점부터 10점으로 놓고 10점이 아주 기분 좋은 상태라고 했을 때 처음 쓰기 시작한 10월경에는 5점 이상이 몇 번 있었다고 하면 11월, 12월은 대부분이 3점 아래였고 극단적인 생각을 하는 때도 빈번했다. 힘든 하루하루의 연속이었다. 아무리 약을 쓰고 발악해도 마음의 무게는 더 무거워지는 것만 같았다.

나는 집에서 강아지 한 마리를 키운다. 이름이 '뭉치'인데, 털이 빵빵한 포메라니안이다. 뭉치는 내가 밖에 외출했다가도 귀가 시간을 앞당길 만큼 나에게 있어서 너무나도 소중한 존재다. 집에 오면 가장 먼저 현관으로 달려 나와 나를 반겨주고 내 기분이 안 좋을 때는 온갖 애교로 나를 웃게 만들어 준다. 소파에 가만히 앉아서 일할 때면 내 무릎 위가 마치 자기 자리인 것처럼 올라와서 떨어지지 않으려고 애를 쓴다. 가족 중에서 나를 제일 따르고 좋아한다는 것을 아마 처음 뭉치와 우리 가족을 보는 사람들도 느낄 만큼 사이가 각별하다. 그러나 처음부터 이랬던 것은 아니다. 이 녀석의 마음을 얻기까지 수많은 난관과 수많은 간식을 조공해야 했다. 마찬가지로 이 녀석도 가족 중에서 날 택할 때까지 반신반의한 마음이 있지 않았을까?

나도 그렇게 생각하기로 했다. 만약 심리 상담 치료가 나에게 맞지 않는다면 그때 가서 다른 방법을 또 한 번 찾아보기로 했다. 100세 시대인데 난 아직 3분의 1도 미처 살지 못하지 않았는가.

나머지 3분의 2의 아름다운 인생을 위해서 심리 상담 치료를 시도해 보기로 했다.

03 명의를 찾아서

심리 상담 치료를 받기로 결심한 이상, 진정으로 잘하는 사람을 찾아가고 싶었다. 어정쩡한 사람 말고 돈을 들여서라도 제대로 치료받고 싶었다. 그래서 인터넷을 샅샅이 뒤지기 시작했다. 방송에 소개되었던 분들부터 카더라 통신으로 전달받은 분들까지 10명 정도의 후보군이 내 머릿속에 자리 잡았다.

고민스러웠다. 마음 같아서는 열 분에게 모두 찾아가서 내 마음을 터놓고 싶었지만 내 이야기를 구구절절하게 하는 것도 더 이상 하고 싶지 않았을뿐더러 비용적인 부분도 부담이 컸다. 적게는 한 시간에 5만 원부터 많게는 한 시간에 20만 원까지 다양한 상담료를 제시받았는데 이것이 한 번에 끝나는 것이 아니라 장기간 해야 한다면 분명 무급 휴직 중인 나에게는 비용적인 면도 심각한 부담의 대상이었다.

한참을 고민하던 중에 누나에게서 연락이 왔다. 누나는 나의 든든한 지원군이다. 마음이 힘들어서 연락할 때마다 용기와 힘을 주는 존재라고나 할까? 누나는 서울 압구정에 있는 모발 이식 전문 성형외과에서 상담실장을 맡고 있다. 그 때문에 그쪽

계통의 의사분들과 상담받으러 오시는 분 중에서 정신과 의사분들께 내 상태에 대한 자문을 많이 구하곤 했다. 그날 역시 내가 상담 치료를 고민하는 것을 알고 같은 병원에서 근무하는 의사 선생님의 지인을 통해 유능한 상담 전문가를 소개해 주기 위해서 연락했던 것이다. 너무나 단비 같은 연락이었다. 약력을 들어보니 '역시'라는 말이 절로 나올 정도로 입이 떡 벌어질 만큼 대단한 분이셨다. 1시간 상담 비용이 부담스럽긴 했지만, 콩이니, 팥이니 재고 따질 때가 아닌 것 같아서 누나를 통해 최대한 이른 시일로 예약을 잡았다.

그날이 오기만을 기다렸다. 왠지 그날이면 내 모든 아픔이 물에 씻기듯이 씻겨 나갈 것만 같았다. 그동안의 아픔을 어루만져 주실 것만 같았고 모든 것이 해결될 것만 같았다.

드디어 손꼽아 기다리던 그 날이 왔다. 설레는 마음으로 버스를 타고 서울로 향했다. 복잡한 서울 시내 교통 체증 탓에 혹여나 약속 시각에 늦을까 봐 일부러 차도 놔두고 대중교통을 이용했다. 약속 시각보다 4시간이나 일찍 도착해서 근처 서점에서 책도 읽고 오랜만의 여유를 즐겼다. 시간은 점점 흘러 이내 약속한 시각이 되었다. 떨리고 설레는 마음으로 병원 문을 열고 들어갔다. 병원은 단출했다. 대기실은 3인용 소파가 전부였고 접수를 보는 간호사 한 분이 나를 반겨주셨다. 방문 경로와 간단한 인적사항 및 질문지 작성을 하고 나서 얼마나 기다렸을까. 선생님이 직접 나를 반겨 주셨다.

'드디어 시작이구나'

불투명한 유리문을 열고 들어가니 뜨악 소리가 날 만큼 새로운 세상이 펼쳐져 있었다. 아담하고 단순하며 심심한 인테리어였던 대기실에 반해 대기실의 두 배는 넘어 보이는 크기의 상담실에는 편안한 분위기를 내기 위해서인지 숲처럼 나무에 둘러싸인 벽지와 고급스러운 소파와 테이블이 나를 반겨주었다.

'역시 다르긴 다르구나'

이윽고 상담이 시작되었다. 같은 말의 반복이었지만 조금은 정성을 들여 설명하기 시작했다. 나의 아픈 과거와 현재 상황 그리고 이 자리에 온 이유까지 천천히, 그러나 강하고 정확하게 내 의사를 표현했다. 그때마다 선생님은 고개를 끄덕이거나 그때그때의 상황에 맞는 질문을 주셨고 그에 대해서도 명확한 어조로 흐트러짐 없이 이야기를 이어 나갔다. 상담은 중반을 지나고 후반을 향해 달려갔다. 역시 나는 집중하여 상담에 임했고 이제 선생님의 마지막 솔루션을 기다려 볼 때였다.

선생님의 솔루션은 너무도 간단했다.

"상담 치료가 필요할 것 같습니다. 서울을 너무 머니 집 근처로 한번 병원을 알아보시는 게 좋을 것 같습니다."

음…. 뭐랄까, 기대가 크면 실망도 크다고 했던가? 나는 나에게 어떠한 획기적인 해결책은 아니더라도 지금 상황에 대한 위로와 내 행동에 대한 올바른 코칭 정도는 있을 줄 알았으나 그런 것은 전혀 없이 1시간의 상담 시간 동안 내가 90%를 이야기하고 선생님이 10%의 질문을 했으며 결론은 상담 치료를 받아보라는 것으로 끝나버렸다. 그래, 알지. 상담 치료가 필요하고 뭔가 자극점이 있어야 한다는 것은 분명히 알고 있었다. 그래서 찾아왔던 길인데 당연한 내용을 전문가의 입으로 재차 확인하고 돌아가는 길은 허무하기 그지없었다. 물론 내가 서울에 살았다면 자주 내원하여 지속적인 상담을 받았을 테지만 지방에 살기 때문에 그렇지 못하다는 것을 예측하여 이렇게 말씀하신 것일 수도 있었다.

그러나 조금은 속상했다. 아니, 많이 허탈했다. 그렇게 알아보고 추천까지 받아서 간 곳이었는데, 더구나 선생님의 약력은 가히 대한민국 최고라 해도 될 법했었는데 내려주신 결론이 상담 치료를 받아보라는 것이 전부라면 난 어디에 가서 또 꺼내기 싫은 내 아픔을 이야기해야 한단 말인가. 솔직히 나 자신에게 이유 모를 화도 나고 그날을 기다린 노력이 맥이 빠지는 순간이었다.

돌아오는 버스 안에서 원인 모를 복잡한 감정과 답답한 가슴으로 뜨거운 눈물 한 방울이 뺨을 타고 흘러내렸다. 그때의 심정을 글로 다 표현할 수는 없지만, 약에서도 그 힘든 부작용으로 버림받고 상담 치료 역시 버림받은 느낌이었다. 갈 데가 없고 그동안의 노력이 수포가 되는 것 같은 느낌이 들어서 한참을 방황하다가 집에 들어갔던 기억이 있다.

그 후로 며칠 동안 운동도 하지 않고 멍하니 하루하루를 보냈다. 천장만 바라보는 삶이 이어졌고 입맛도 살아나지 않았다. 가장 큰 원인은 어느 쪽에서도 답을 구하지 못했다는 사실이 가장 컸다. 그렇게 며칠이나 지났을까? 어머니의 걱정 어린 뒷모습을 보게 되었다. 어머니 당신이 도와줄 수 있는 부분이 없어 안절부절못하는 모습이 너무도 가슴 아팠다. 그렇게 있을 수만은 없었다. 대한민국에서 심리 상담해 주는 곳이 그곳뿐이더냐. 그때 불현듯 머릿속을 스치는 한 군데가 있었다. 바로 병원 약국 약사님이 추천해 주신 곳이었다. 더 지체할 수 없어 바로 예약을 잡았다.

제발 이번만큼은 버림받고 싶지 않았다. 예약한 그곳은 서울에 비해 1시간 상담료도 반값이었고 무엇보다 내가 다니는 정신과 병원에서 불과 차로 10분 정도밖에 떨어지지 않은 곳이었기 때문에 장기적인 관점에서 봤을 때도 훨씬 나은 조건을 가지고 있었다.

설레는 마음으로 다시 문을 두드렸다.

50대 중반의 기품이 흐르는 여자 선생님께서 나를 맞아주셨다. 나도 어디 가서 목소리가 나쁘다는 이야기는 들어본 적이 없지만, 상담하는 사람들의 목소리 표본이 있다면 아마 선생님이 제격일 것 같다는 느낌이 드는 온화하며 차분한 말투와 목소리로 천천히 내 이야기를 들어 주셨다.

앞서 방문했던 곳과는 매우 달랐다. 앞으로 상담의 진행 방법과 시간 조율 등을 설명해 주셨고 내가 방문하게 된 계기와 현재 상태를 상세히 들어 주셨다. 그리고 첫날은 앞으로의 진행 상황을 설명하느라 비교적 짧은 시간이었지만 내 상황에 대한 행동과 사고방식의 교정도 잊지 않으셨다.

- 명의(名醫)

[명사] 병을 잘 고쳐 이름난 의원이나 의사.

'명의'를 사전에서 검색하면 이렇게 나온다.

병을 잘 고쳐서 이름난 의원이나 의사를 '명의'라 한단다.

이번 일을 계기로 난 내 마음속 사전에 있는 '명의'에 대한 의미를 재해석하려고 한다.

'환자의 마음을 잘 헤아리고 병을 잘 고쳐 이름난 의원이나 의사'로.

이런 말이 어떻게 들릴지는 모르겠지만, 모든 것에는 '궁합'이라는 것이 있듯이 의사와 환자 사이에도 궁합이 있는 것 같다. 마치 맥주와 땅콩, 삼겹살과 소주, 치즈와 와인처럼 말이다.

궁합이 안 맞는다고 해서 실망하지 말자.

나와 궁합이 맞는 의사 선생님은 분명히 존재한다. 나와 안 맞는다고 해서 그분이 무능하신 것도, 내가 버림받은 것도 아니란 사실을 명심했으면 좋겠다.

나와 궁합이 맞는 선생님을 찾아가는 과정도 일종의 치료라고 생각하면 조금 마음이 편해지지 않을까? 첫 번째 상담 병원에서 나와서 집으로 오던 버스에서 흘린 눈물을 기억한다. 그 때문에 나처럼 좌절하고 실망한 사람들이 있다면, 또 그 기분 때문에 혹시 모를 암흑의 늪으로 빠져서 힘든 나날이 계속되려 한다면 그러지 말길 부탁한다.

당신이 오기만을 기다리는 최고의 파트너는 언제나 존재하니까.

04 밀실에서의 1시간

'기역' 자 책상 위에 컴퓨터와 프린터기가 올려져 있다. 책상 안쪽엔 선생님이 계시고 마주 보고 앉아서 상담을 받는다. 선생님의 뒤편에 있는 책꽂이엔 천장까지 꽉 찬 책들이 어지럽게 꽂혀 있어서 시선을 사로잡았다. 책꽂이 중간에 있는 시계의 바늘은 매번 이상하리만큼 빨리 흐르고 선생님과 내 의자가 들어가면 한 평 남짓한 상담실이 꽉 채워진다. 유리로 된 상담실의 자동문은 잠시 전원을 끄고 상담에 집중할 수 있도록 문을 닫아 놓는다. 서울에서 봤던 호화스러움은 아니지만, 딱딱하거나 불편하지는 않은 딱 서재 분위기의 상담실이다. 적당한 느낌의 긴장감이 공간을 채우고 1시간 동안의 마법에 빠져 본다.

이 세상에서 다른 누구를 위한 시간도 아닌 온전하게 나를 되돌아보고 나를 위해서 쓰는 1시간이다. 지금껏 30년을 넘게 살아오면서 내 이야기에 이렇게까지 집중하는 시간이 있었는지 생각해 봤지만, 도무지 기억나지 않는다. 나 혼자만 집중하는 것이 아니라 나를 위해 집중해 주시는 분이 계신다는 것이 놀라울 따름이다. 나를 위해 조언도 해 주시고 위로도 해 주시며 때론 함께 고민도 해 주신다. 함께하는 것이 행복하다. 정말로 마법처럼 1시간 동안은 모든 걱정과 모든 불안이 잠시 고개를 숙이고 숨을 죽인다.

그렇게 나는 일주일에 한 번씩 심리 상담 치료를 받았다. 글을 쓰고 있는 지금 이 순간은 잠시 쉬고 있지만, 머지않아 다시 상담실의 문을 두드릴 계획이다. 처음엔 정말 반신반의했었다. 과연 상담이 도움이 될까에 대해 의심도 하고 거부감도 있었다. 하지만 결과는 성공적이었다. 물론 시행착오는 있었지만 말이다. 정말 인생을 살아오면서 나조차 나의 이야기에 집중한 적이 있었는지 생각해 보니 나 역시 내 이야기에 귀 기울인 적이 없었다는 것을 새롭게 깨달았다. 그리고 100%는 아니지만, 가족이 아닌 타인에게 이토록 많은 나의 정보를 오픈한 적이 있었는가 생각해 보니 그 또한 없었다. 매주가 새로운 자극이었고 새로운 충격이었다. 나를 위한 초침은 얄궂게 빨리 흘렀지만, 택시 미터기 속의 말이 뛰는 것처럼 숨이 빨라질 정도는 아니었다. 분명 의미 있는 정적도 흘렀고 의미 있는 외침도 있었다. 선생님은 그 소리에 조용히 귀 기울여 주셨다.

첫날은 여타의 오리엔테이션과 다를 것이 없었다. 본격적인 달리기는 두 번째 시간부터였는데 그 소중한 시간이 아까워서 매번 스마트폰 녹음 기능의 도움을 받았다. 매번 상담은 서로의 안부 인사로 시작하였고 끝맺음은 그날의 소중함을 돌이켜

보며 마무리했다.

사실 솔직하게 이야기하면 1시간이 좀 빨리 끝났으면 하는 날도 있었다. 아무에게도 말하지 못했던 내 비밀을 이야기하는 시간이 그랬다. 내 치부를 드러내는 것이 고통스럽고 치욕스러워서 중간에 그만하고 상담실을 나오고 싶었던 적도 있었다. 그러나 그런 것을 하려고 일부러 시간을 내서 찾아간 곳이 아닌가? 그 과정이 고통스럽다고 피하다 보면 죽도 아니고 밥도 아닌 먹기 힘든 그 무언가가 되어버려 음식물 쓰레기처럼 냄새나는 그것이 내 마음과 머릿속을 공격할 것만 같았다.

그렇게 나는 매주 천천히 과거의 내가 되어 그때는 하지 못했던 이야기를 했다. 그렇게 하다 보니 때로는 가엽고, 때로는 대견했으며, 때로는 바보 같은 나를 만날 수 있었다.

100세 시대에 아직 그 3분의 1도 안 살아 본 풋내기가 인생을 논하기엔 공원 벤치에 앉아 막걸리 한잔에 세상의 행복을 느끼는 할아버지들의 꿀밤이 나를 기다릴 것 같지만, 그리 평탄하지 않은 내 삶에서 삐뚤어지지 않고 앞만 보며 달려왔다는 것에 스스로 위안을 삼아 볼 때도 있었다.

상담은 많은 시간이 과거로의 여행이었고 과거 때문에 상처받은 나를 어루만지는 시간이었다. 질의응답도 있었고 때론 역할

극도 했으며 그 안에서 분노도 하고 눈물도 흘렸다. 시원하진 않았지만, 과거의 내가 받았던 고통이 조금 녹아내리는 것만은 분명했다.

마음 안에 방이 있다면 내 안에 있는 마음의 방은 부레옥잠처럼 많을 테지만, 유독 호위 무사를 내세운 경비 인력이 철통 보안으로 문을 보호하는 방이 있었다. 굳이 말하지 않아도 알고 있을 바로 그 방이다. 청년 실업 50만 명 시대에 그 방을 지키는 인력만큼은 겹겹이 매년 충원되었고 전 세계 어떤 보안 업체에서도 열 수 없는 굳게 닫힌 마음의 문이었다. 해가 지날수록 그 문은 점점 더 두꺼워졌고 무엇으로도 그 문을 여는 것은 불가능해 보였다. 내 삶이 끝나는 순간까지도. 그러나 상담은 놀라웠다. 조금씩 그 방의 경비 인력을 해고하는 것이 아닌가. 갑자기 실직자가 된 그들에게는 미안한 일이지만, 어찌 보면 우리 가족과 나에겐 긍정적인 변화가 아닐까 싶었다. 하지만 아직도 그 방은 굳게 닫혀 있다. 선생님이 조금씩 방문을 열려고 할 때마다 지금까지의 고통이 억울하고 지금 겪고 있는 이 아픔이 너무 커서 그리 쉽게 열 수는 없었다.

상담은 다양한 방식으로 진행되었다. 과거로의 여행을 통해 현재의 상황을 비춰 보았고 현재의 여행에서 과거의 아픔을 돌이켜 봤다. 그중 한 번은 내가 아버지가 되어 보는 상황극도 했었는데 그때 당시를 회상하며 내 입으로 그 추악하고 경악스러운 말들을 내뱉어 보니 소름이 끼칠 정도로 진절머리가 났다.

머리로는 이해되지만, 가슴으로는 받아들이지 못하겠다.

무엇을 이야기하려는지 선생님의 욕심과 마음은 이해한다. 하지만 내 마음은 아직 준비되지 않았다. 문이 활짝 열리면 그 열린 문으로 작열하는 태양도 들어올 것이고 비바람도 몰아칠 것이다. 또는 꽃잎의 아름다운 향기로 채워질 때도 있을 것이고 냄새나는 더러움이 다시 찾아올 때도 있을 것이다. 하지만 아직 준비가 되지 않았다. 나는 아직 내부 수리가 필요하다. 찢기고 부서진 내 방에 벽지도 발라야 하고 부서진 콘크리트도 다시 채워야 한다. 리모델링 수준이 아니라 재건축이 필요한 방이다. 낡고 쓰러져서 무너지기 일보 직전의 방을 그저 엄청난 호위 무사가 겹겹이 지키고 있을 뿐이다.

준비가 필요하다.

선생님은 매번 상담 때마다 조금씩 부드러운 압박을 가하신다. 덕분에 많은 호위 무사들이 실직당했지만, 아직도 수십만 명이나 되는 보조 인력이 대기하고 있다.

사실은 두렵고 무섭다.

문이 열리면 꽃향기만 났으면 좋겠는데 그렇지 않을 것이 자명해 보여 쉽게 오픈이 안 된다. 시도도 해 보지 않고 하는 이야기가 아니다. 그 방은 이미 몇 번의 재건축에도 매번 거센 폭풍우로 쓰러지려는 것을 마음의 시멘트를 꾸덕꾸덕 처발라서 억지로 지켜온 방이었다. 그래도 여러 호위 무사를 두고서라도 방을 지키는 지금이 다행이라고 생각한다. 아예 방을 비우고 불도저로 밀어서 흔적도 없이 사라지게 놔두는 것보다는 겹겹이 쌓아놓더라도 방을 지키고 있는 지금이 그나마 다행이다. 그마저도 마음 한구석에서는 방 빼라는 이야기가 천둥처럼 울리지만, 천륜이라는 핑계로 아직 눈치를 봐 가며 있는 지금이 나는 정말 감사하다.

선생님은 노력이 필요하다고 하셨다.

내가 먼저 다가가야 하고 그래야 내가 좋아진다고 하셨다. 누구를 위해서도 아닌 나를 위해서라고 하셨다. 하지만 지금 당장 내가 너무 힘들고 불쌍하다. 간신히 끄나풀을 잡고 있는 지금이 너무 애처로운데 그마저도 내 마음대로 할 수 없다면 너무나 힘들 것 같다.

이것만큼은 내 마음대로 하고 싶다.

날림 공사가 아니라 천천히 여유 있게 보수 공사해서 아름답게 새로 지어지는 날, 그날 멋지게 집들이도 하고 꽃도 걸고 방문을 열어 보고 싶다.

마음이 아프고 무겁다. 눈에서는 눈물이 흐르고 그간의 고통이 주마등처럼 머릿속을 스쳐 지나간다. 방의 주인인 내게 내가 정말 미안하다. 요즘은 벽에 못도 잘 안 박는다는데, 내가 내 마음의 방을 잘못 관리한 것 같아서 찢어지게 아프고 고통스럽다. 조금 더 아껴 줄걸. 창문도 자주 열고 환기도 자주 시켜서 썩은 내가 나지 않도록 잘 관리해 줄걸. 겨울이면 보일러도 잘 틀어서 훈훈한 온기가 돌도록 해 주고 여름이면 시원하게 에어컨도 틀어서 곰팡이가 피지 않게 해 줄걸. 30년이나 썩어서 문드러질 때까지 놔두지 말고 중간마다 확인해 보고 청소해 줄걸. 이제 와서 후회하면 무슨 소용이겠냐마는 그래도 그동안 그 방에서 고통받았을 나를 생각하니 한없이 눈물만 흐른다.

가슴이 미어지고 답답하다. 속상하고 분이 터진다. 그래도 비바람과 거센 폭풍우에도 애써 지키고 있는 호위 무사들에게 감사하다.

상담 시간 1시간이 지나고 나면 마치 42.195㎞ 거리의 마라톤을 완주라도 한 것처럼 기진맥진하다. 과거의 나를 만났고 미래의 나에게 응원을 보낸 시간이었다.

결과가 없어도 좋다. 타임 테이블을 짜 놓고 지금 당장 무엇을 해야 한다고 압박하는 것이 아니라 여유와 내려놓음을 이야기하는 시간이라 좋았다. 내가 아직 방문을 열지 않아도 누구도 방문을 빨리 열라고 강요하지 않아서 더 좋았다. 천천히 내가 하고 싶을 그때를 기다리기에 더욱더 좋았다.

정말로 값진 시간이다. 언제나 무거운 이야기만 하는 것은 아니다. 때로는 가볍고 재미있는 이야기도 한다. 또 때로는 힘이 나는 이야기도 한다.

그래서 두렵고 떨린다.

그래서 매번 새롭고 진지하다.

그래서 상담할 때마다 긴장한다.

매주 금요일 오후 3시는 과거로 여행가는 시간이다. 설레는 여행에 좋은 가이드가 함께해서 즐겁다.

조만간 내 마음속 방에도 봄이 올 것 같다. 그리고 그것이 내 자의로 열어야 하는 문이라면 조금 빨리 열어 보려 한다. 누구의 강요도 없이 나 스스로 천천히 그러나 빨리 재건축해서 멋진 러브 하우스를 보여 줘야지. 환풍 시설도 달아서 다시 썩은 내가 진동하더라도 빨리 환기할 수 있고 비바람이 몰아쳐도 무너지지 않게, 곰팡이도 피지 않도록 단열도 잘해서 문을 열어야

지. 이렇게 고민하다 때를 놓쳐서 평생 열 수 없는 문으로 만들면 더 힘들 것 같으니 어서 문을 열고 봄을 맞이해야겠다

생각해 보니 이제 일흔을 넘긴 노부(老夫)가 되었다.

영영 돌아오지 못할 길을 건넌 뒤에 내 마음속 철통 방어 방의 문을 열고 썩은 모습을 한탄할 기회마저 없어지기 전에 호위무사의 해고를 적극적으로 독려해 봐야겠다.

잘할 수 있겠지?

잘할 수 있다!

05 온 가족의 이해

"사랑을 받아 본 사람이 줄 줄도 아는 거예요."

우리 뭉치는 애견 가게에서 분양받은 강아지이다. 분양받을 때 들은 말로는 애견 가게 사장님의 지인이 키우던 강아지가 낳은 새끼라고 전해 들었는데 왠지 믿음이 가지는 않는다. 보통의 경우엔 가정견이 좀 더 비싼 가격을 받을 수 있어서 그렇게 이야기하지 않았나 싶다. 직접 보지는 않았지만, TV에서 봤던 강아지 공장의 불쌍한 한 마리가 아닐까 추측해 본다. 제발 그렇지 않기를 간절히 바랄 뿐이다.

뭉치가 우리 집에 왔을 때는 생후 40일이 좀 넘었을 때였다. 정말로 만지면 터질까, 바람 불면 날아갈까 하는 아이였다. 조그마한 솜뭉치처럼 가볍고 아기자기해서 이름도 뭉치로 지었다. 걷는 게 신기할 정도로 먼지 같은 아이였고 낑낑거릴 때마다 온 식구가 안절부절못할 정도로 온 가족의 사랑을 듬뿍 받았다. 이것은 지금도 마찬가지고 천만다행으로 아버지도 뭉치를 많이 좋아하고 아껴 주신다.

뭉치가 우리 집에 오기 전까지 우리는 집 안에서 강아지를 키워 본 적이 없었다. 그 때문에 뭉치를 잘 키우기 위해 공부를 하긴 했지만, 이 녀석에게 뭐가 필요한지, 어떤 시기에 무엇을 해줘야 하는지에 대해서 난감할 때가 많았다. 그런데 이것은 비단 우리 집뿐만 아니라 강아지를 여러 마리 키워 본 집들도 마찬가지일 것으로 생각한다. 동물 행동 전문가가 여러 방송에 나와 동물 행동을 분석해서 이야기해 주는 것을 보면 강아지의 말을 한국어로 해석해 주는 첨단 장비가 있지 않는 한 동물과 의사소통을 한다는 것은 인류의 큰 숙제가 아닐까 싶다. 미래에는 동물과 의사소통할 수 있는 장치가 꼭 개발되길 바란다.

뭉치의 이야기를 한 이유는 너무나도 예쁜 우리 식구지만, 딱 두 가지 안 좋은 버릇이 있는데 그 버릇이 우리의 불찰로 생긴 게 아닌가 하는 죄책감 때문이다. 그 버릇은 바로 '짖는 것'이다. 처음에 우리 집에 와서는 어린 강아지가 짖어 봤자 그 소리도 작을뿐더러 그저 귀여웠기에 가만히 놔뒀던 것이 화근이 된 것 같다. 그 짖는 귀여움은 곧 짜증으로 돌아왔고 뭉치는 자기의 모든 의사 표현을 짖는 것으로 하는 듯했다. 우리 집이 주택이어서 망정이지, 아파트에 살았었다면 분명 이사를 하거나 뭉치가 파양되는 비참함이 있었으리라 짐작한다. 그 정도로 처음 1년간은 함께 사는 게 힘들 만큼 짖었다. 다른 강아지가 있었다면 그 강아지를 보고 어떻게 주인에게 원하는 것을 요구하는지 배웠을 텐데, 뭉치는 너무 일찍 우리를 만났기 때문에 보고 느낄 대상이 없었다. 함께한 지 만 4년이 지난 지금에야 그 짖는 버릇은 좀 고쳐졌지만, 아직도 힘들 때가 종종 있다.

또 하나는 사회성 부분이다. 한창 사회성을 기를 생후 3개월 즈음에 다른 강아지를 많이 못 만나다 보니 아직도 사회성이 없어 가끔 '자기가 사람인 줄 착각하나?' 하는 생각이 들 정도로 산책이나 애견 카페에 가면 다른 강아지들을 피해 도망가기 바쁘다. 그래서 안쓰러울 때가 한두 번이 아니다. 뭔가 본보기가 있었다면 안 그랬을 텐데 말이다.

사람도 마찬가지가 아닐까 싶다. 사랑을 받아본 사람이 줄 수도 있고 그 방법도 배우는 것이 아닐까.

선생님은 이렇게 말씀하셨다. 아버지의 온 가족에 대해 이해해 봐야 한다고.

즉, 아버지의 유년 시절을 돌아보며 사랑을 받은 경험이 있는지 확인해 봐야 한다고 하셨다. 그러면서 아버지의 어머니, 곧 나의 할머니에 관해 이야기해 달라고 하셨다.

한참 동안 멍하니 말문을 열지 못했다. 할머니에 대해 아무것도 아는 것이 없었기 때문이다. 나는 할머니와 할아버지에 대한 기억이 거의 없다. 외할아버지와 외할머니는 어머니가 결혼하기도 전에 이미 돌아가셨고 친할아버지도 내가 태어나기 전에 돌아가셨다. 친할머니는 내가 초등학교 2학년 새 학기를 맞이할 때쯤에 돌아가셨는데 그전에 할머니 품에서 잠깐 놀았던 희미한 기억이 내가 가진 전부다. 나머지는 구전 동화처럼 아버지의 입으로, 어머니의 입으로 전해지는 이야기를 내 머릿속에서 나름대로 짜깁기한 것이 내가 가진 할머니, 할아버지에 대한 기억의 전부다. 왠지 모르게 죄스러운 기분이었다. 할머니와의 추억은 없다지만 그래도 나의 핏줄이 아닌가. 그런데도 이토록 관심 없이 살아왔단 말인가. 나에게 실망스러웠다. 그래서 상담 치료가 끝나고 어머니께 할머니에 관한 이야기를 여쭤봤다.

충격이었다.
머리가 멍하고 마음이 저려 왔다.

할머니는 일제 강점기 때 집안 형편이 어려워 당시 할머니의 집에서 아주 멀리 떨어진 일본 사람의 집으로 5~6살쯤에 식모살이를 하러 갔다고 했다. 말이 식모지, 지금 내 나름대로 생각해 보면 집안 사정상 팔려간 게 아닐까 싶다. 지금은 그런 일을 상상도 할 수 없겠지만, 그 당시에는 그런 일이 당연하게 여겨졌으리라. 할머니는 해방을 맞이한 후에도 멀리 있는 가족들과 연락이 닿지 않았고 동시에 호적도, 가족도 없는 고아와 같은 신세가 되었다고 했다. 어찌 보면 당연한 일이다. 딸자식을 일본 사람에게 팔았던 그 부모는 모정과 부정이 있었을 리 만무할 것이고 5~6살의 어린 할머니가 부모에 대한 기억을 상세하게 가지고 있는 것도 불가능하지 않았을까? 집과 연락이 끊긴 할머니는 그 후 할아버지와의 결혼을 위해 호적이 필요했다. 그래서 동네에서 친하게 지내던 동네 아는 분의 동생으로 호적을 만들게 되었단다. 그렇게 이름과 호적을 얻어 할아버지와 결혼했고 그 사이에서 6남매를 낳았다. 아버지는 그중 둘째셨는데 큰아버지와 함께 어릴 때부터 집안의 생계를 책임지는 막중한 부담을 안고 계셨다고 한다.

내 주변의 일찍 결혼한 친구들은 5~6살 아이를 둔 친구들도 있다. 요즘의 사회 풍습상 과잉보호가 만연하긴 하지만, 5~6살 아이들은 그저 재롱이나 부리고 그들의 생각대로 움직이며 만인의 사랑만 받는 것이 그들이 할 수 있는 전부가 아닐까 싶다. 그런데 그 나이에 식모살이하며 그 어린 나이에 가정의 생계를 위해 경제 활동을 했다면 과연 도란도란 둘러앉아 사랑이 꽃피는 밥상을 상상이라도 해 봤을까 싶다.

정말로 충격이고 마음이 저려 왔다.

사랑이라는 것이 무엇인지도 모르고 자랐을 할머니와 아버지의 삶에 대한 연민과 동정의 마음이 느껴졌다. 과연 지금 상황에 그와 같이 사는 누군가가 있다면 해외 토픽감이 아닐까 생각된다. 물론 지금도 아프리카 어딘가에 가면 먹지 못하고 씻지 못하며 잠들지 못하는 난민이 넘쳐난다고 언론을 통해 들은 적이 있긴 하지만, 그와 같은 삶을 내 가족이 살았다니, TV를 통해 접했던 그 감정보다 훨씬 더 큰 무언가가 내 뒤통수를 세게 치는 것 같았다.

이제 조금씩 하나하나 이해되었다. 아버지 역시 마음속에 상처받은 내면아이가 있었을 테고 그 아이는 일흔이 넘은 노부가 될 때까지 상처를 치유받지 못하고 그것이 상처인 줄도 모르고 당연한 듯이 살아왔을 테지. 또 받지 못했기에 주는 법을 몰랐을 것이고 그것이 얼마나 안타까운 것인지도 모르고 살았을 테지. 이렇게 안쓰러운 마음이 내 마음속 호위 무사를 조금씩 해고하는 듯했다.

하지만 동시에 그런 생각도 했다. 아버지 당신이 받지 못했기에 줄 수 없다면, 또 그것이 당신 생각에 올바르지 않다고 한 번이라도 생각했다면 따로 배워야 하지 않았을까? 배우고 노력해서 당신의 자식에게는 그런 악습의 대물림이 없어야 했지 않았을까? 나의 욕심이기는 하지만 내 마음속에서는 아직도 이런 아쉬움과 슬픔이 공존한다. 머릿속으로는 분명 할머니와 아버지의 상황을 이해하고 상황의 안타까움도 십분 공감했다. 하지만 아직 마음은 받아들이지 못한다.

생각지도 못했던 폭풍우가 휘몰아친 느낌이었다. 선생님이 말씀하신 온 가족의 이해에 대해서 정말 말 그대로 온 가족에 대한 이해를 나름의 노력으로 해 봤던 시간이었다. 지금까지는 아버지 당신만의 문제인 줄만 알았다. 하지만 어쩌면 당신도 피해자일 수도 있다는 생각이 날 사로잡았다. 그래도 비록 호위 무사들이 해고당했지만, 아직이다. 아직 마음속 방 안의 벽은 여전히 두껍다.

06 부모의 역할

'아낌없이 주는 나무'

총각에게 부모가 된다는 것은 너무도 멀고 어려운 이야기이다. 부모가 되는 것도 너무나 어려운 이야기인데 부모의 역할과 중요성에 관해 이야기하는 것은 더없이 힘든 이야기였다.

그날도 어김없이 상담실 안은 알 수 없는 긴장감으로 가득했다. 선생님과 나의 말소리와 숨소리가 한 평 남짓한 공간을 꽉 채워 나갔다. 여느 때처럼 안부 인사가 오갔고 선생님은 나의 이야기 한마디, 한마디를 준비된 서류에 정리하느라 분주해 보이셨다. 일상적인 안부 인사와 일주일간의 생활 내용에 대한 이해가 끝난 뒤 선생님은 별안간 천으로 된 흰색 주머니를 책상 위에 꺼내놓으셨다. 크기는 대략 쫙 펼쳐진 손바닥만 했는데 무엇이 들어 있는지는 알 수 없었지만, 겉으로 봤을 때는 무언가 딱딱하고 네모난 물체가 들어 있다는 것을 알 수 있었다. 궁금했다. 오늘은 어떤 이야기보따리를 풀어 주실까? 저 속엔 무엇이 들어있을까? 설렘과 동시에 기분 좋은 짜릿함이 날 감싸 안았다.

"오늘은 인형을 활용할게요. 여기 색이 다르고 크기와 모양이 다른 인형이 있어요. 이 중에서 '나'를 골라 주세요."

우르르 쏟아진 주머니 안에서는 색과 모양이 정말 다양한 플라스틱 재질로 된 인형들이 쏟아져 나왔다. 그것은 누구에게나 익숙한 모양이었고 내가 어린이날에 꼭 받고 싶은 선물 중 하나였던 장난감의 모습과 흡사했다. 익숙한 모습에 반가움을 갖는 것도 잠시, 20개쯤 되는 인형 중에서 '나'를 찾으라니, 여간 당황스럽고 혼란스러운 것이 아니었다. 분명 내가 고른 인형에는 내가 알지 못하는 의미가 부여되어 있을 테니 선택에 더욱 신중을 기할 수밖에 없었다. 이윽고 인형 하나를 골라서 내 앞에 세워 놓고 나니 선생님은 바로 어머니도 고르라고 하셨다. 역시 어려웠다. 망설임 끝에 어머니를 골랐고 역시 아버지와 누나도 같은 방법으로 골라내어 내 앞에 옹기종기 세워놓았다.

문제는 지금부터였다. 선생님은 다음과 같이 말씀하셨다.

"우리 가족이네요? 우리 가족을 거리와 방향을 맞춰 세워보세요."

거리와 방향이라고? 이제 조금 이해할 것 같았다. 내 마음속에 있는 가족들 간의 관계에 관해 이야기하려고 하셨던 것 같았다.

인형들 사이에서 크기가 좀 큰 빨간 머리 인형은 아버지였는데 저쪽에 혼자 덩그러니 놓았다. 같은 크기에 노랑머리를 한 나와 저 멀리 떨어뜨려 놓았다. 나를 중심으로 양쪽에 어머니와 누나가 있었는데 누나는 중간 크기에 파란 머리, 어머니는 나와 같은 노랑머리에 가장 작은 크기, 심지어 앉아 있는 형상의 인형을 골랐다. 내가 보기에도 일렬횡대로 세워진 우리 가족의 모습은 조화로워 보이지 않았다. 나를 중심으로 누나와 어머니가 있고 우리와 아버지는 한참 떨어져 있었다. 크기도 들쑥날쑥, 색깔도 제각각인 모습이 조금은 창피하리만큼 이상해 보이기까지 했다. 그중에서도 선생님이 가장 의아하게 생각하셨던 것이 어머니 인형의 모습이었다. 가족 중에서 제일 작고 심지어 앉아 있는 모습을 한 어머니는 내가 언제나 감싸 줘야 할 것 같은 존재였으며 언제나 내가 보호해 줘야 하는 존재처럼 보였다. 나의 무의식이 선택한 모습이었다.

그랬다. 나에게 있어서 어머니는 언제나 내가 보호해야 할 존재였다. 언제부터인가 하루에도 두세 개의 병원을 동네 마실 다니듯이 다니시는 어머니를 보고 세월의 무서움을 느꼈다. 더구나 한 번씩 아버지에 의해 집이 뒤집히는 날이라도 오면 구석에서 혼자 눈물을 보이시는 어머니의 뒷모습이 그토록 안쓰러울 수가 없었다.

그때부터였던 것 같다.

내가 어머니의 보호자가 되어서 어머니를 잘 지켜드려야겠다고 생각한 것이 아마도 그때부터였던 것 같다.

선생님은 말씀하셨다. 아마도 어머니 역시 어머니도 모르는 무의식에서 아들과 딸을 당신의 편으로 만들었을 거라고 하셨다. 의도적이고 전략적인 선택이 아니라 무의식중에 자식들에게 더 의지했을 것이고 그러다 보니 어머니와 나의 결속 관계가 더 단단해져 아버지가 들어올 자리가 없었을 것이라고 하셨다.

그러면서 이상적인 가족의 모습을 재구성해 주셨다. 2열 종대로 아버지와 어머니가 뒤에서 누나와 나를 바라보는 모습이었다. 특이한 점은 누나와 내가 아버지와 어머니를 바라보는 것이 아니라 부모님께 등을 지고 있는 모습이라는 점이었다.

"부모는 언제나 아낌없이 주는 나무가 되어야 해요. 언제나 의지할 수 있고 우리를 지원해 줄 수 있는 지원군이 되어야 합니다."

사실이다.

부모는 언제나 우리를 지원해 주는 지원군의 역할이다. 물론 자식이 부모를 등지고 살라는 말이 아니라 자식이 부모를 생각하는 마음이 너무 커도 문제가 될 수 있다는 경고였다.

그동안 어머니가 병원에 가는 날이면 집에서 버스 한 번만 타도 갈 수 있는 곳인데 왜인지 내가 모셔다드리고 모셔 와야 할 것 같았다. 전화 통화에서 목소리가 안 좋으면 당장 반차를 내고서라도 집으로 뛰어갔고 시장에 따라가 무거운 짐을 들고 오는 것은 물론이거니와 집에서도 집안일을 도와드리려고 무진장 애를 썼다. 그런데 오히려 나의 그런 행동이 우리 가족의 이상적인 모습에 악영향을 줄 수도 있었을 것이란 이야기를 들으니 상당히 큰 충격이었다. 나의 행동이 어머니를 더 작게 만들어 가는 데 악영향을 줄 수 있다는 선생님의 말씀에 한동안 생각에 잠기게 되었다. 지금까지 내가 했던 행동들은 부모가 나에게 해줘야 하는 행동이었다는 것이다.

그럼 그동안 내가 했던 것은 무엇이란 말인가. 나름대로 효도라 생각했던 그 모습은 더욱더 아버지와 어머니 사이는 물론이고 아버지를 가족의 울타리에서 더 멀리 떨어뜨리는 지름길이었다는 것이다. 그리고 그 일을 내가 주도하고 있었다는 말이었다. 또한, 어머니를 더 작고 병들게 했으며 아무것도 할 수 없는 어린아이로 만들어 가고 있었던 것이었다.

답답하고 먹먹했다.

학교 폭력의 주동자라도 된 것처럼 죄책감이 상당했다. 하지만 그동안 그럴 수밖에 없는 상황이었기에 나 스스로 마음의 위안을 찾았고 그런 날 선생님은 이해해 주셨다.

'이마고(imago)'란 말이 있다.

어린 시절 다양한 경험으로 형성된 보호자에 대한 이미지를 뜻하는 말인데, 아버지의 어린 시절 아버지의 부모님, 즉 나의 할아버지와 할머니는 어떤 이미지였을까? 과연 순탄했으며 행복했고 단란하며 사랑스러운 이미지였을까? 아니면 나의 할아버지와 할머니도 역시 사이가 좋지 않아 냉랭했고 의무적인 그저 그런 이미지였을까? 혹은 아버지는 부모에게 어떤 지원을 받았을까? 물심양면으로 온갖 정성을 다해 금이야, 옥이야 키워낸 소중한 보물이었을까? 그렇지 않다면 그저 내 아이니까 의무감으로 키워낸 자식이었을까? 과연 어땠을까? 한참을 생각했다.

사랑을 받아 봤어야 줄 수 있다는 그 말이 다시 한번 머릿속에 맴돌았다. 그리고 아버지의 어린 시절에 대해 이해하기 위해 노력했다. 여태껏 아버지의 어린 시절을 자세히 들어 본 적은 없지만 가끔 들려주신 당신의 어린 시절은 가난과 싸우며 끼니를 거르기 일쑤였고 그래서 지금도 먹는 것에 대한 트라우마가 있으며 어릴 때부터 가족의 생계를 위해 일했다는 말씀을 하셨던 기억이었다. 만약 나와 아무 일면식이 없고 나에게 아무런 행동도 하지 않은 타인이었다면 분명 동정과 연민으로 가득 차서 바라볼 삶이었다.

하지만 지금까지 아버지의 행동에 나와 함께 고통받은 사람들이 있기에 역설적으로 말해 보자면 "사랑을 받지 못했기에 사랑을 줄 수 없고 고통을 받았기에 고통을 줄 수밖에 없다."라고밖에는 이해되지 않았다.

아직은 내 마음속에 아주 많은 호위 무사가 근무하고 있나 보다. 좀처럼 긍정적인 생각으로 마음이 열리지 않는다.

선생님은 내가 우울증을 앓고 있는 것을 어쩌면 행운으로 생각해야 한다고 하셨다. 대물림되던 이런 악습들을 내가 내 대에서 끊을 수 있게 나에게 이런 행운 아닌 행운을 주신 것이라고 하셨다.

그 말을 듣고 그것이 사실이라면 왜 하필 나였을까 원망도 했지만, 결국 그것이 사실이라면 내가 끊어 낼 수 있는 사명감을 가진 것을 행복하고 즐겁게 여겨야 한다고 생각했다.

그랬으면 좋겠다.

언젠가 내가 부모가 되면 이런 악습의 고리를 끊고 사랑으로 어루만져 주고 정성으로 돌봐주며 정말 제대로 된 부모의 역할을 보여 주리라 다짐한다. 어디 가서도 자랑스럽게 행동할 수 있는 우리 아이들을 만들어 내리라 자부한다. 나에게 이런 시련이 왔다는 것도 큰 축복이라 여기고 제대로 된 부모 역할을 하기 위한 발판으로 삼기를 바란다.

그리고 언젠가 내 마음속의 호위 무사들이 모두 다 실직하고 두꺼운 방문이 열리는 순간이 온다면 정말 제대로 된 자식의 역할을 역으로 보여 드려야겠다고 다짐했다. 부모의 역할을 제대로 받지 못했다면 내가 대신 자식의 역할을 보여 주어 그것이 진정한 도리임을 깨닫게 해야겠다고 생각했다. 그것이 내가 아버지를 향해 할 수 있는 최선이라 생각한다.

오늘도 해가 지면 달이 고개를 내민다.

항상 같은 모양의 해와 달리 달은 매일매일 모양이 다르다. 나도 달라진 나의 내일을 기대해 본다.

07 자신감? 자존감?

없다.

내 자신감과 자존감은 떨어질 대로 떨어져 바닥을 뚫고 저 지하 속 어딘가에 있다. 외모, 능력, 학벌, 재능 등 뭐 하나 자신 있고 자랑하고 싶은 것이 없는 요즘이다. 자꾸만 나를 남들과 비교하게 되고 SNS 속의 행복한 남들의 일상에 질투나 하는 게 나의 생활이다.

한심한 느낌마저 든다. 왜 이러고 있나 하면서도 여전히 스마트폰을 내려놓지 못한다. 나 자신이 하찮게 느껴지고 실망스럽기 그지없다. 나만 후퇴하는 느낌이고 정체된 느낌이다. 바보 같다는 생각이 들고 때때로 극단적인 생각이 꼬리를 물고 이어진다. 빠져나오려고 발버둥 친다. 애쓰고 애써서 겨우 빠져나와도 다시 원점으로 돌아가기 일쑤이다.

이렇게 된 데는 경제적인 부분이 가장 큰 것 같다.

어렸을 때의 가정환경 때문인지 나는 항상 남들보다는 좋은 옷에 좋은 차, 좋은 그 무언가를 가지고 싶었다. 7살, 학원에 다닐 때 우리 집 앞으로 나를 데리러 오는 학원 차에 타면 방 한 칸짜리에 산다고 놀림당하던 그때의 수치스러움을 잊고 싶었다. 그래서 무리해서라도 좋은 그 무엇으로 나를 치장하고 꾸며서 그 수치심에서 벗어나고 싶었다.

선생님은 이렇게 물어보셨다.

"어느 정도나 있으면 용현 씨 마음이 편해질까요?"

어느 정도? 사실 어느 정도라고 생각해 본 적은 없었다. 그냥 무작정 많이, 그저 많이 있으면 좋겠다고만 생각했다. 그래도 그 순간 그냥 이 정도라면 괜찮겠지 싶었던 것은 한강 뷰가 보이는 큰 평수의 아파트에 살고 세계적으로 어딜 가도 이름만 이야기하면 충분히 인정받을 만한 슈퍼 카를 타면 그래도 마음이 편안해질 것만 같았다.

"한강 뷰가 보이는 아파트와 슈퍼 카요."

선생님은 실소를 머금으셨다. 사실이다. 내가 누군가의 이런 헛된 희망을 듣더라도 그저 미소로 화답할 수밖에 없는 어쩌면 어이없고 어쩌면 허무맹랑한 이야기였을 테니 말이다. 미소를 지은 선생님은 이렇게 물어보셨다.

"용현 씨 주변에는 그런 사람이 있나요? 제 생각에는 대한민국을 통틀어봐도 용현 씨 나이에 그런 삶을 사는 사람은 1%도 안 될 것 같은데요."

모르겠다. 정확히 내 나이대의 사람들을 전부 만나서 호구 조사를 해 보지는 않아서 몇 %나 될지는 알 수 없다. 하지만 극소수임에는 틀림없을 것이다. 누군가는 '수저론'을 이야기한다. 금수저, 흙수저를 이야기하며 부모의 경제력이 마치 능력이라도 되는 것처럼 이야기하고 으스댄다. 뭐, 요즘 사회는 부모의 경제력도 능력으로 치부하는 사회이긴 하다. 전부 다 그런 것은 아니지만 금수저라고 이야기하는 사람들은 조금 더 나은 환경에서 많은 것을 여유롭게 배우고 무언가를 도전할 때도 거침이 없는 것을 자주 볼 수 있다.

그저 그것이 부러웠다.

한때 철없는 생각을 한 적이 있다. 난 고등학교 때부터 경제활동을 시작했고 대학을 다니면서도 일을 놓은 적이 없다. 군대를 전역하기 전에도 마지막 휴가를 나와서 아르바이트 면접을 봤고 전역하자마자 일을 시작했다. 악착같이 벌어서 모은 돈으로 내 사업도 해 봤다. 그 때문에 회사에 입사하기 전에는 장사에 관심이 많았다.

그래서 이런 생각도 했었다.

'부모님이 조금만 도와주시면 참 좋겠다'
'조금만 밀어주면 나도 성공할 수 있을 텐데'

혹은 경제적 지원이 아니라면 이런 생각도 했다.

'내가 가는 길에 발목 잡는 일만 하지 말았으면 좋겠다'

언제나 내 신경은 온통 집을 향해 있었고 한 번씩 집이 쑥대밭이 되면 내 모든 의욕과 열정은 새까맣게 사그라들었으며 언제 또 집이 쑥대밭이 될까 항상 노심초사했다. 이런 집안의 내막을 누군가에게 이야기하는 것이 너무도 수치스럽고 힘들었다. 그래서 자존감이 조금씩 떨어지기 시작했고 떨어진 자존감과 자신감은 쉬이 오르지 않았다.

그런데 선생님은 이렇게 말씀하셨다.

"부모와 나를 분리해야 해요. 부모의 능력이 나의 능력이 될 수는 없어요. 그건 부모의 재산이에요."

그렇다. 부모의 능력이 나의 능력이 될 수는 없다. 또한, 부모님의 무능력이 나의 무능력이 될 수도 없다. 부모님의 삶과 나의 삶은 분리되어야 하며 분리에 대한 영속성은 지속되어야 한다. 그동안 나는 괜한 자존심과 자존감 하락으로 머리가 복잡했었다. 그런데 나의 자존감 하락의 원인을 찾고 부모님과 나의 삶을 분리하라는 해결책을 찾으니 마음이 조금은 가벼워졌다.

선생님은 부모와의 삶뿐만 아니라 내 삶 역시도 과거의 나와 현재의 나를 분리하는 작업이 필요하다고 하셨다. 과거의 나와 지금의 나를 분리하면 앞으로 살아가는 데 있어서 힘을 얻기가 조금은 더 쉬워질 것이라고 하셨다.

그동안 너무 나만의 틀에 나를 가두고 살았지 않았나 하는 생각이 들었다. 내가 세운 비현실적인 목표에 나 혼자 슬퍼하고 나 혼자 애달파 했으며 나 혼자 힘들어하며 홀로 떨어지는 자신감과 자존감으로 누구도 시키지 않았던 혼자만의 채찍질에 지쳐가고 있었던 것은 아닌가 하고 뒤를 돌아보니 나를 향한 안쓰러움이 가득 찼다.

내려놓는 것이 필요했다.

다시 한번 뒤돌아보고 현실적인 나를 보니 그래도 썩 나쁘지만은 않은 사람이었다. 이름만 대면 알 만한 기업의 정규직이며 나름의 능력과 노력으로 인정받는 부업도 하고 있다. 열심히 살았다고 자부할 수 있고 지금도 열심히 살기 위해 노력하는 나를 보니 대견하기까지 했다.

자화자찬이라 생각할 수도 있겠지만, 자화자찬해서라도 내 낮아진 자존감과 자신감을 끌어올릴 수만 있다면 무엇인들 못 할까.

문제는 나였다.

힘든 목표를 세우고 그 목표에 도달하기 위해 나를 옭아매며 채찍질하는 것도 나였고 더 열심히 살아야 한다며 경주마의 안대를 씌운 것도 나였다. 모든 것을 잘해야 한다는 기준을 세운 것도 나였으며 세상을 부정적인 시각으로 바라보며 스스로 자존감과 자신감을 잃어 갔던 것도 나였다.

정말로 힘들겠지만, 이젠 내려놓아야 한다.

현실적인 목표를 세우고 그것에 맞게 행동해야 한다. 부모의 삶과 나의 삶을 분리하고 나의 과거와 현재의 나를 분리하여 미래 지향적인 사고를 가져야 한다.

언제인가 방송인 김제동 씨의 강연을 들은 적이 있다.

사자가 동물의 왕이라 칭송받는 이유는 물소 대가리를 치고 물소를 사냥할 수 있어서가 아니라 적들이 있는 초원에서 배를 까뒤집고 몇십 시간을 잘 수 있어서라고 했다. 그래서 강자가 되기 위해 항상 자신을 몰아붙이는 것이 아니라 강자가 되기 위해 진정한 휴식을 자신에게 줄 수 있는 시간, 그 시간이 정말 중요하다고 했다. 또 그 마음을 조급해하지 않는 마음이 어렵지만 필요하다고도 했다.

그렇다. 나 역시 나를 가두고 채찍질함으로써 내가 세운 원대한 목표에 가까워지고 있는 것은 아니라고 생각한다.

이루기도 벅찬 너무도 높은 목표를 바라보며 "나는 왜 이럴까!"를 외치는 것이 아니라 작은 목표를 두고 그 목표에 도달해 성취감을 얻는 것이 어쩌면 더 나은 선택일 수도 있겠다는 생각을 했다.

떨어진 자존감과 자신감은 쉬이 오르지 않고 있지만, 극복의 방법을 찾은 것 같아서 마음이 가벼워졌다. 분리하여 생각하고 작은 목표를 세우자. 그러면 나아질 것이란 해답을 기억해야 한다.

08 말할 수 있는 용기

얼마 전에 친구랑 술 한잔을 하며 허심탄회하게 이런저런 이야기를 한 적이 있다. 그 친구는 내 고등학교 친구로 나와는 허물없이 지내는 절친한 친구이다. 친구의 행복한 결혼식에서 사회도 봐줬으며 내가 힘든 일이 있을 때마다 전화 또는 대면하여 나의 징징거림을 묵묵하게 받아주는 아주 고마운 친구이다. 비록 친구가 서울에 살기 때문에 자주 만나지 못하는 아쉬움이 있지만 말이다. 그 친구는 대학을 서울로 가고 직장도 서울에서 얻는 통에 가끔 내가 서울에 볼일이 있을 때마다 나를 재워 주곤 했던 마음씨도 좋은 친구이다.

그날의 안주는 찜닭과 육회였다. 배달 음식치고는 맛도 좋았고 술도 술술 넘어갔다. 둘이서 다섯 병을 마셨지만, 정신은 멀쩡했다. 이상하리만큼 기분 좋은 그 날에 친구는 나에게 한 가지 질문을 했다.

"어떻게 그렇게 말을 할 수 있었어? 아픈 걸 말하다니 대단하다. 난 그렇게 못할 것 같은데."

친구는 내가 나의 아픔을 알리고 고군분투하며 우울증과 싸워나가는 것이 신기한 듯이 물어봤다. 더구나 상담 치료의 이야기를 듣고 나서는 생전 처음 보는 사람에게 나의 속내를 이야기하는 것을 아주 놀라워했다.

"나는 절대 그렇게 못 할 것 같아."

나라고 해서 쉬웠을까?
처음엔 나도 참 어려웠다. 정신과에 다닌다는 이야기를 누구에게 어디서부터 이야기해야 하며 어떤 방법으로 이야기해야 좀 더 거부감 없이 들어줄까도 많이 고민했었다. 사람들의 오해 속에 정신병자가 되지 않으려고 고민하고 고민한 끝에 여러 가지 경우의 수 중에서 한 가지를 골라 어렵게 나의 아픔을 이야기했던 것이다. 닥쳐 보니 할 수밖에 없었고 하고 나니 처음이 어렵지 두 번, 세 번은 쉽게 할 수 있었음을 이야기했다.

우울증은 마음의 병이다. 다리가 부러지거나 상처가 나서 보는 것만으로도 걱정과 위로를 받을 수 있는 병이 아니란 말이다. 그 때문에 말할 수 있는 용기를 환자 본인이 스스로 지녀야 한다. 내가 이야기하지 않으면 아무도 모르기에 참는 것이 오히려 병을 더 키우는 지름길이다.

아픔을 이야기하는 것은 언제나 힘든 작업이다.

'날 나약하게 보지는 않을까?'
'환자 취급받고 격리당하지는 않을까?'
'의지박약으로 동정이나 받는 것은 아닐까?

나도 처음엔 별의별 생각에 다 잠기기도 했다. 하지만 용기를 내야 한다. 걱정은 걱정만 불러올 뿐 해결책을 주지는 않는다.

나도 이번에 마음의 아픔을 겪고 나서 느낀 점이 하나 있다.
'이제 다른 사람의 눈치를 좀 덜 봐야겠다'라고 느낀 것이다. 우리나라 사람들은 참 이상하리만큼 다른 사람의 삶에 관심이 많다. 무슨 차를 타며 무슨 옷을 입고 어떤 집에 들어가 무슨 생활을 하는지 낱낱이 알고 싶어 하는 이상한 심리가 있는 것 같다. 사실 누가 나에게 "그럼 당신은 그런 마음이 전혀 없나?"라고 묻는다면 나 역시도 대답을 망설일 것 같다. 남의 인생에 관심만 있는 것이 아니라 관심이 도를 지나쳐 참견으로 이어진다. 그래서 종종 장기판에서도 금기시되는 훈수를 두기 시작한다.

"그러면 안 돼."
"그 나이면 장가가야지."
"취직 안 하고 뭐 해?"
"애는 안 낳을 거니?"

이런 훈수를 받다 보니 자연스럽게 왠지 남들이 정해놓은 시곗바늘에 맞춰서 살아야 할 것만 같고 그 시간에 조금만 뒤처지면 큰일이라도 일어날 것만 같은 불안감에 휩싸이게 된다. 더구나 남의 아픔에는 그 관심의 레이더가 더 예민하고 광범위하게 작동하기 때문에 맑은 물에 먹물 한 방울을 떨어뜨려 놓은 것처럼 삽시간에 주변으로 퍼지기 일쑤다.

그래서 더 망설여지는 것이 사실이다.

쉬쉬하게 되고, 금방 나으면 아무렇지 않게 넘어갈 것만 같고, 말하면 왠지 정신병자 취급받아 사람들의 태도가 날 더 힘들게 할 것 같다는 생각까지 든다. 나 역시 과연 이 병의 진행 상황을 어디까지 오픈해야 하나 고민했지만, 깔끔하고 속 시원하게 모두 오픈하기로 마음먹었다. 정말 처음이 어렵지, 하다 보면 두 번, 세 번은 쉽게 이야기할 수 있고 오히려 남들에게 이야기하고 도움과 배려를 받았을 때의 묘한 희열감과 고마움이 내 가슴을 따뜻하게 만들어 준다.

말할 수 있는 용기를 가져 보자.

앞서 이야기했듯이 우울증은 단기전이 아니라 장기전이다. 그만큼 나 혼자보다는 함께 헤쳐나갈 때 더 빨리 극복할 수 있는 질환인 것이다.

나는 등산을 좋아한다. 한 달에 두세 번은 다녀올 정도로 등산에 특별한 재미를 느낀다. 등산의 필수품은 뭐 여러 가지가 있겠지만 특히 여름 산행을 하면서 빼놓지 말아야 할 것 중의 하나가 바로 '물'이다. 물 없이 여름 산행을 하는 것은 상상도 하기 싫을 만큼 고통스러운 일이다(사실 등산을 하면서 어떤 계절이든 물은 필수 요소이다). 그런데 언젠가 입산하기 전에 시간 계산을 잘못하여 물을 적게 챙겨 간 적이 있었다. 그 사실을 정상에 도착해서야 알았고 내려오는 내내 얼마 남지 않은 물을 조금씩 나눠 마시느라 여간 힘든 게 아니었다. 얼마쯤 내려왔을까, 물통 속 남아 있던 물은 바닥을 드러냈고 아직도 한참이나 남은 하산길에 걱정이 앞서서 나도 모르게 혼잣말로 중얼거렸다.

"아, 큰일이네."

오만상을 하고 물통을 바라보며 한숨을 쉬고 있으니 지나가던 아저씨가 물이 없냐며 본인 가방에서 500㎖짜리 물 두 개를 선뜻 꺼내서 건네주셨다. 너무나 고마웠다. 그저 혼자 말 한마디 했을 뿐인데 일면식도 없는 분께서 나에게 도움을 주신 것이다.

그렇다.

어른들은 항상 세상은 혼자 살아갈 수 없는 곳이라고 말씀하신다. 요즘 들어서 그 말씀이 더 사무치게 와닿고 있다. 우리가 손을 못 내밀뿐 손 내밀면 잡아줄 사람이 수없이 많다는 것을 항상 기억하자.

09 들어 준다는 것

"내 귀가 나를 가르쳤다." -칭기즈칸

"첫째도 경청, 둘째도 경청, 마지막까지 경청."

-브라이언 트레이시

누군가의 말을 들어 준다는 것은 참 아름다운 일이다.

하지만 우리는 누군가 조심스레 고민을 꺼내놓으면 그 고민에 마치 솔로몬이라도 되는 것처럼 답을 내려 줘야 할 것만 같은 부담감을 가지게 된다.

상담을 진행하면서 횟수가 늘어나는데도 상담이 부담스럽지 않고 기다려졌던 것은 바로 선생님의 반응 때문이었다. 선생님은 여태 상담이 진행되면서 내가 말하는 중간에 내 말을 끊거나 선생님 본인의 이야기만 옳다고 강요한 적이 단 한 번도 없다. 늘 나를 이해해 주셨으며 나의 회복 속도에 따라 상담의 속도를 조절해 주셨다. 그런데 심리 상담 선생님뿐만 아니라 정신과 담당 주치의 선생님 역시 내 말에 집중해 주신 것은 마찬가지였다. 내가 편하게 말할 수 있게 배려해 주셨으며 나의 속마음이 조금 더 열리기를 기다려 주셨다. 물론 내가 치료에 대한 의지가 꺾이는 것처럼 보이고 술에 대해 미련을 못 버렸을 때는 단호하고 절도 있게 내 행동의 문제점을 지적해 주시긴 하셨지만, 그 외에는 대체로 평온했으며 편하게 말할 수 있는 분위기를 만들어 주셨다.

나는 내가 말할 수 있는 대상이 있다는 것 자체만으로도 행복했고 위안이 되었다. 내 이야기에 집중해 주고 내 이야기에 반응하며 내 이야기에 함께 고민해 주는 사람이 있어서 얼마나 심리적으로 안정이 되었는지 모르겠다. 해결책이 없어도 좋다. 그저 말을 할 수 있는 대상이 있다는 것만으로도 굉장한 도움이 될 수 있다.

몇 년 전에 결혼한 지 얼마 안 된 친구가 술 한잔을 하자며 나를 찾아온 적이 있다. 남들보다 일찍 결혼해서 신혼의 재미를 한창 즐겨야 할 새신랑이 술 한잔하자는데 안 봐도 뻔하지 않겠는가. 아내와 사소한 문제로 다투고 무작정 집을 나왔다고 했다. 함께 술을 마시며 연애 시절에 있었던 시시콜콜한 이야기에서부터 지금의 사소한 투정까지 둘이서 소주 6병을 비워낼 때까지 이야기를 계속 나누었다. 사실 내가 결혼을 해 보고 연애도 많이 해 봤다면 그 친구에게 이렇게 해라, 저렇게 해라 하며 도움을 줬을 테지만 난 연애 경험도 없고 결혼을 한 것도 아니어서 그저 내가 할 수 있는 것은 "그랬구나.", "힘들겠구나.", "세상에, 왜 그랬대?"라는 식의 추임새뿐이었다. 그렇게 몇 시간 동안 친구의 한탄을 들어 주고 집으로 가는 길에 친구는 나에게 자기 이야기를 들어 줘서 고맙다는 말과 함께 자기 아내에게 준다며 트럭에서 파는 떡볶이를 사서 돌아갔다. 친구 녀석의 뒷모습을 보면서 참 귀엽다는 생각을 했다. 사람은 이렇게 누군가가 자신의 이야기를 들어 주는 것만으로도 때론 위로가 되고 격려가 될 수 있다.

그런데 문제는 말할 수 있는 대상을 찾기가 힘들다는 것이다. 나의 경우만 해도 불과 2~3년 전만 해도 전화 한 통이면 우르르 몰려나왔던 친구들이 이제는 결혼해서 아이가 생기고 가장이라는 부담감 때문에 가정에 충실하다 보니 같은 동네에서 살아도 얼굴 한 번 보기가 여간 어려운 것이 아니다. 그래서 예전이면 동네에서 만나서 커피라도 한 잔 마시고 술이라도 한잔하며 이런저런 이야기를 나눴을 텐데 지금은 그마저도 힘든 상황이다. 그리고 정말 친한 친구한테도 말하지 못할 이야기는 그저 마음속 한편에 묻어두기에 바빴다.

그래서 요즘은 우리 뭉치를 더 많이 사랑해 준다. 내 마음이 힘들고 지쳐서 소파에 웅크리고 있으면 마치 내 마음을 알기라도 하듯이 내 앞에서 재롱을 부린다. 그 모습이 꼭 사람같이 예쁘고 귀여워서 나도 모르게 뭉치를 잡고 이런저런 이야기를 하다 눈물이라도 흘리면 그 작은 입으로 내 얼굴을 핥아 주기 바쁘다. 그럴 때면 꼭 사람이 아닌가 싶을 정도로 신통하다.

혼자 궁상이고 한낱 동물이 무엇을 알겠냐 하겠지만 아마 오랫동안 동물을 키워 본 사람이라면 이 부분을 이해하지 않을까 싶다. 손짓 하나, 발짓 하나에도 마음을 읽고 뭉치의 행동에 나도 그 녀석이 원하는 것을 알아차리는 것을 보면 애완동물은 그저 목석의 인형이 아니라 감정을 공유하는 대상이라는 점을 느낄 수 있다.

무엇이든 좋다. 내 이야기를 들어 줄 대상을 만들어 보자. 그리고 혹시나 이 글을 환자가 아닌 환자의 보호자나 주변인이 읽고 있다면 거창한 해결책을 내놓으려고 고민하지 않아도 된다. 그저 환자의 앞에 앉아서 함께 커피 한 잔, 술 한잔 기울여 주며 환자들의 이야기를 들어 주는 것만으로도 환자에게는 큰 도움이 될 수 있다는 것을 명심했으면 좋겠다.

메리비안의 법칙이라는 이론이 있다. 말을 할 때 청자로 하여금 전달의 중요도를 나타내는 것인데. 누군가 말을 했을 때 말의 내용은 불과 7% 정도의 중요도밖에는 가지지 않는다는 이야기를 수치로 보여 주고 있다. 시각적 요소(이미지, 태도)는 55%,

청각적 요소(말의 톤, 억양, 빠르기)는 38%라는 것을 보면 우리가 말을 할 때 그 내용보다는 그 사람의 행동과 억양이 더 중요하리라는 생각이 든다. 이 말은 굳이 우리가 누군가의 고민을 듣고 그럴싸한 해결책을 내놓지 않더라도 눈을 마주 보며 충분히 공감하는 태도와 모습을 보여 주면 말하는 사람 역시 많은 위로를 받을 수 있다는 것으로 역설적 해석이 가능한 부분이다.

사실 이 부분은 환자의 보호자와 주변인들이 더욱더 신경 써 줬으면 하는 부분이기도 하다.

이야기를 들어 줄 때는 들어 줄 준비를 하는 것도 중요하고 이야기를 듣는 태도 역시 중요하다. 편안한 자세로 상체는 화자를 바라보며 두 손은 가지런히 모으고 화자와 눈을 마주치자. 이야기 중간에는 고개를 끄덕이며 분위기를 이어나가고 이야기에 맞는 추임새를 넣어 화자의 이야기에 끝까지 집중하는 태도를 보이는 것이 중요하다.

우울증은 가끔 혼자 이겨 내야 할 순간이 온다. 그럴 때마다 옆에서 내 이야기를 잘 들어 주는 누군가가 있다면, 그것이 꼭 사람이 아니더라도 내 이야기에 반응해 주는 그 무언가의 대상이 있다면 얼마나 마음에 위안이 되는지 꼭 느껴 봤으면 좋겠다.

오늘도 우리 뭉치는 내 품에서 나와 마음을 나눈다.

또한, 심리 상담 선생님과 나의 담당 주치의 선생님께 감사의 마음을 전한다.

4장. 인정하고 극복하자

01 인정하면 답이 보인다

나는 직업 특성상 정장을 주로 입는다. 여성분들의 정장은 디자인이나 색상이 가지각색으로 참 다양하고 예쁘게 나오지만, 남자 정장은 어느 정도의 틀이 있고 색상과 모양이 규격화되어 있는 경우가 많다. 그래서 본인이 옷태, 즉 슈트 핏이 정말 잘 나오는 모델 체형이 아니고서는 본인만의 개성을 살리기가 어렵다. 더구나 기성복의 경우 대한민국 남자의 평균 사이즈로 제작되어 나오기 때문에 나와 같이 허벅지가 굵다거나 키에 비해 상체가 큰 경우에는 기성복을 입었을 때 남의 옷을 빌려 입은 것처럼 조금 어색하기도 하다.

그래서 나는 주로 맞춤 정장을 입는다.

맞춤 정장의 장점이야 뭐 여러 가지가 있겠지만, 말 그대로 내 몸에 딱 맞는 나만의 옷을 지어 입을 수 있다는 것이 가장 큰 장점이다. 더구나 나는 패션에 관심이 많아서 일반적으로 기성복에서 자주 나오는 컬러인 블랙, 짙은 네이비, 그레이 등의 컬러 정장은 이미 가지고 있으므로 나만의 특별한 컬러를 가지기 위해서 맞춤 정장을 선택하기도 한다. 요즘은 맞춤 정장을 하는 곳이 많아져서 옷을 짓는 가격도 합리적으로 많이 내려가서 기성복과 큰 차이가 없을 때도 있다.

몇 년 전의 일이다. 길을 걷다 보면 흔히 마주치는 맞춤 정장 가게 중 단골 매장이 있었다. 계절이 바뀌면서 정장 한 벌과 셔츠를 맞추러 매장에 들렀다. 그날은 항상 반갑게 맞이해 주시는 사장님 대신 새로 오신 직원분이 날 맞이해 주셨다. 내가 좀 까다로울 수도 있지만, 맞춤 정장의 특성상 몸의 치수를 재는 작업이 굉장히 중요하다. 그래서 일부러 직원분들이 있어도 사장님께 맡기곤 했지만, 그날은 어쩔 수 없이 직원분께서 내 몸의 치수를 재주셨다. 언뜻 봐도 익숙하지 않은 서툰 동작으로 팔과 어깨, 다리, 엉덩이둘레며 가슴둘레까지 치수를 재주셨는데 표현은 안 했지만 내심 불안함을 감출 수 없었다.

맞춤 정장의 경우 보통 열흘 정도의 제작 기간을 거쳐 완성된다. 사실 옷을 맞춰 본 사람은 공감하겠지만 그 열흘이 얼마나 설레는지, 아마 롤러코스터를 타기 전의 그 기분과 비슷할 것이다. 두근두근하는 동안 그날이 다가왔다. 기다리고 기다리던 10년 같은 열흘의 시간이 지나고 다시 매장을 찾았다. 그날은 사장님과 직원분이 동시에 날 반겨 주었고 완성된 내 옷은 예쁘게 걸려 있었다. 옷을 받아들고 설레는 마음으로 피팅룸에 들어가는 순간! 내 얼굴은 일그러졌고 새 옷을 입지도 못한 채로 밖으로 나와야만 했다. 잘못된 것이었다. 종아리는 너무 딱 달라붙고 엉덩이는 펑퍼짐했다. 허리는 잘록하고 어깨는 작았다. 무엇보다 셔츠가 문제였는데 숨을 쉴 수 없을 만큼 배 부분이 조여 복대라도 한 것처럼 단추가 터져 나갈 듯이 꽉 끼었다.

도저히 입을 수 없는 옷이 완성된 것이다. 화도 나고 열흘의 시간 동안 설레었던 기대감에 실망감도 컸다. 그래서 셔츠를 입은 모습을 사장님께 보여드리며 말씀드렸다.

"사장님…."

말끝을 흐렸다. 사장님 역시 당황한 기색이 역력했다. 즉시 직원을 불러 자초지종을 듣고 다시 나에게 다가오셨다.

다가오는 사장님의 발소리를 들으며 몇 가지 경우의 수를 생각해 봤다.

'환불해 주신다고 하시려나?' 아님 '그저 잘 어울린다고, 원래 그렇게 입는 거라고 하시려나?' 그것도 아니면 '나의 체형에 변화가 생겨서 어쩔 수 없다고 하시려나?' 짧은 순간이었지만 별의별 생각이 머릿속을 다 스쳐 지나갔다.

그런데 나에게 다가온 사장님의 말씀은 뜻밖이었다.

"고객님, 죄송합니다. 우리가 잘못한 것은 인정할 수 있어야 하는데 이건 분명히 잘못된 거네요. 제가 다시 잘 만들어 드리겠습니다. 대신 어차피 잘못된 옷은 폐기해야 하는데 고객님께서 괜찮으시다면 가져가시겠습니까? 비용은 받지 않겠습니다."

세상에나. 잠시나마 사장님을 그저 그런 장사꾼으로 오해한 내가 바보 같았다. 나는 이미 만들어진 옷을 수선해 주시는 줄 알았는데 새로 만들어 주신다니! 더구나 잘못된 옷을 활용할 수 있으면 그냥 가져가라니! CS를 이야기하는 나 역시 놀랄 만큼 대단한 대안을 제시해 주신 것이었다. 순간의 화는 누그러졌고 셔츠를 다시 보니 그렇게 못 입을 만큼 이상하게 보이지도 않았다. 며칠이 지나 나는 제대로 된 옷을 다시 받았고 지금까지도 그 셔츠를 입을 때마다 그때의 감동이 머릿속을 떠나지 않는다. 그리고 가장 인상 깊었던 것은 사장님이 자신의 잘못을 깔끔하게 인정하신 부분이었다. 인정하고 사실대로 말씀하시니 내 입장에서도 뭐라 할 말이 있겠는가.

비단 옷의 문제만은 아니다. 나 역시 처음에는 내 우울증을 부정하고 싶었다.

'왜 나에게 이런 시련을 주셨나'

화도 나고 눈물도 흘렸다. 그동안의 고통을 나 혼자만의 예민함이 아니라 우울증이란 병으로 인정받아 다행스럽긴 했지만, 가끔 오는 약의 부작용과 한 번씩 몰아치는 끝도 없는 우울감으로 극단적인 고민을 할 때는 정말이지 너무도 힘들었다. 그냥 아침이 오지 않기를 기도한 적도 있었고 처방받은 약을 바라보며 한꺼번에 다 털어 넣으면 무슨 기분일까 생각한 적도 있었다. 극도의 고통이 나를 감싸 안았고 충동적인 생각을 하며 한편으로는 이런 생각을 했다.

'피하지 말고 맞서 싸워 보자'

그랬다. 피할 수 없다면 싸워야 한다. 그리고 즐겨야 하며 그것을 있는 그대로 받아들여야 한다. 그렇지 않고 피하기만 하다가는 언젠가는 그것이 더 심한 고통으로 나를 옭아맬 수도 있다.

초등학교 1학년 때 학교에서 내준 만들기 숙제로 고무줄 자동차를 만든 적이 있다. 물론 부모님께서 만들어 주셨는데 학교 가기 전날 밤에 가지고 놀다가 고무줄이 끊어져 버렸다. 부모님께 혼날까 봐 혼자 커터 칼로 자동차를 분해하다가 왼손 엄지손가락을 베인 적이 있다. 부상이 심각해서 병원에 가서 무려 17바늘을 꿰매는 수술을 하였다. 아직도 그날의 상처는 내 왼손 엄지손가락에 훈장처럼 남아 있다.

우리는 손가락이 찢어져도 목숨이 위태로운 것처럼 허둥지둥 병원을 향해 달려간다. 아직도 하얗게 질린 어머니의 얼굴이 생생하게 기억난다. 몇 바늘이고 꿰매면 나을 수 있는 외상도 재빨리 병원을 찾아서 응급치료를 받는데 이미 찢기고 찢겨서 고름이 차고 썩어 문드러진 우리의 마음은 왜 외면하고 숨겨야 하는가.

인정하라.

인정하고 또 인정하라. 그래서 도움을 청하고 도움을 받고 이를 다시 한번 뛰어오를 수 있는 발판으로 삼아 보자.

우울증은 전염병이 아니다.

우울증 환자는 전염병 환자처럼 어딘가에서 격리되어서 살아가야 하는 것이 아니다. 숨길 필요도 없고 숨겨서도 안 된다. 나의 건강을 위해서 최대한 인정하고 받아들여서 조금이라도 빨리 우울의 늪에서 빠져나와 보자. 나부터 인정하고 받아들여야 치료와 회복의 속도가 빨리질 것이다.

나 역시도 처음에는 부정하고 싶었다.

끝도 없는 터널을 보는 것 같았고 깊은 수렁에 빠져 의미 없이 '허우적'거리며 괜한 시간 낭비를 하는 것만 같았다. 하지만 내가 나의 아픔을 인정하고 치료의 의지가 있느냐, 없느냐에 따라 의미의 여부가 달라질 것이다.

개미들은 땅속에 집을 만들기 위해 먼지와 같은 작은 흙들을 물어서 다른 곳으로 나른다. 우리가 보기엔 저게 무슨 하찮은 일일까 싶겠지만, 땅속에 건설된 그들의 부락을 보면 그 행동 하나하나가 존경받아 마땅하다는 것을 알 수 있다.

희망을 가지자.

환자 본인부터 인정하고 노력한다면 장기전일 수는 있지만 언젠가는 밝은 아침을 맞이할 수 있다. 그날을 위해 우리 모두 힘을 내자! 실제로 난 내가 우울증임을 인정하고 노력한 결과 수많은 부작용에도 꺾이지 않을 치료 의지를 가지게 되었다. 노력하자. 힘을 내자.

인정하면 답이 보인다!

02 동네방네 소문내기

"나 우울증이야."

이렇게 이야기하면 어떤 사람은 안쓰러운 듯이 나를 쳐다보고, 어떤 사람은 장난스러운 농담으로, 또 어떤 사람은 당장이라도 무슨 일이 일어날 것처럼 어두운 얼굴로 날 바라본다. 그러면서 날 안쓰럽게 바라보든, 장난스러운 농담으로 넘어가든, 무슨 일이 일어날 것같이 어두운 얼굴로 바라보든지에 상관없이 많은 사람이 제각기 다른 해결 방안을 준다. 사실은 그저 들어 주기만 해도 좋을 텐데 본인 사돈의 팔촌 경우까지 끌어들여서 이거 해 봐라, 저거 해 봐라 하며 걱정스러운 대안을 제시한다. 처음엔 그냥 흘려들었다. 그러다가 짜증이 났지만, 표현하지 못했고 그 기간이 지나니 짜증을 표현하기에 이르렀다. 그러다 보니 자연스레 입을 닫는 시간도 있었지만, 요즘은 사람들의 그런 관심이 그립다.

"그룹 운동을 해 봐."
"나랑 같이 등산 갈래?"
"여행을 떠나 봐."

"어디에 가면 그렇게 좋다더라. 한번 가 봐."
"우울증엔 이게 좋다던데, 한번 해 볼래?" 등.

이렇게 사람들은 내가 생각지도 못했던 일들을 추천해 주었다. 처음엔 이게 무슨 소용인가 싶었다. 약으로도 해결되지 않는 우울감이 과연 여행을 간다고 해결될까? 등산하러 간다고 기분이 좋아질까? 사람들과 같이 어울릴 수 있는 그룹 운동을 한다고 해서 좋아질까 싶었다. 심한 무기력감으로 손가락을 움직이는 것조차 힘든 나에게 그룹 운동은 무슨 말이며 언감생심 여행은 또 무슨 말이냐는 생각이었다.

그런데, 그게 답이었다.

등산하러 가서 헐떡거리며 숨이 턱 끝까지 차올라 토할 것 같은 느낌이 들어도 맑은 공기와 싱그러운 숲속 내음은 내 기분을 상쾌하게 만들어 줬다. 산 중턱에서 먹는 파전에 막걸리 역시 놓칠 수 없는 별미이며 막걸리 한 사발에 무거웠던 마음도 잠시 가벼워지는 듯했다. 불현듯 아무 계획 없이 혼자 떠난 제주 여행은 나에게 잊지 못할 추억을 만들어 주었다. 여행의 묘미인 새로운 사람과 소통할 수 있는 게스트하우스에서의 숙박은 나를 치유해 주기에 충분했다. 20대 초중반 나이의 동생들과 이런저런 이야기를 나누다 보니 꼭 나의 과거를 보는 듯했다. 내가 어렸을 적에 했던 같은 고민을 세상의 모든 짐을 진 무거운 표정으로 이야기하는 그들을 보니 지난날의 나의 과거를 보는 듯했고 내 치열했던 삶이 주마등처럼 스쳐 지나갔다. 그들에게 들려준 내 이야기는 그들의 귀를 쫑긋거리게 했고 그 치열했던 20대에 참 열심히 살았음을 타인을 통해 인정받고 보니 그 역시 가슴 찡한 특별한 무엇이 되었다. 더불어 뻥 뚫린 바다를 보며 내 마음속의 아픔도 환기할 수 있었다.

정말로 그것이 답이었다. 동네방네 소문을 내다 보니 나를 위해 진정으로 신경 써 주고 있는 사람들이 많다는 것을 다시 한 번 느낄 수 있었다.

그리고 소문을 내면서 또 하나 좋았던 것은 사람들이 은연중에 힘이 되는 말들을 해 준다는 사실이었다.

너무 힘들 때였다.
혼자 여행을 가서 고즈넉한 분위기에 와인을 한잔했다. 잔잔한 음악도 들었고 숲속 산책길을 걸으며 좋은 공기도 마셨다. 그런데 이상하게 힘든 생각만 머릿속을 꽉 채우는 밤이었다. 살아 있는 것이 무의미하게만 느껴지고 가슴 속의 무거움이 무엇과도 비교할 수 없을 만큼 무거워지고만 있었다.

'올 것이 왔다'

한두 번 맞이해 보는 불청객은 아니지만, 매번 새롭고 매번 무섭다. 그날도 그랬다. 이 불청객을 내 마음에서 어떤 식으로 내쫓아야 하는지 고민하던 찰나에 친구에게서 전화가 왔다.

"뭐하냐?"

"그냥 혼자 여행 왔어."

"야, 이 XX야. 혼자 여행을 다니니까 우울하지! 내가 있는데 왜 혼자 다녀, 인마!"

기가 막힌 타이밍에 잔뜩 취해서 걸려온 친구의 전화는 불청객의 방문을 알기라도 한 것처럼 유쾌하고 시원했다. 그리고 고마웠다.

그 친구는 나와 중학교 때부터 절친한 친구이다. 그 친구의 행복한 결혼식도 내가 사회를 봐 줬고 힘든 일이 있을 때는 함께 눈물 흘렸었다.

한참 동안 통화했다. 통화 내용은 기억나지 않지만 "잘하고 있는데 왜 고민이냐."라는 말이 취했던 그 순간에도 기억에 남은 것을 보면 그날의 통화는 참 손발이 오그라드는 내용이었을 것 같다. 그래도 고마웠다. 이렇게 신경 써 주고 나를 아껴 주는 누군가가 있다는 것이 참으로 고맙고 소중했으며 한편으로는 감사했다.

나는 이렇게 또 한 번 충전을 받았다.

나 홀로 고민하고 있었다면 절대 받지 못했을 충전이다.
나 홀로 고민하고 있었다면 절대 받지 못했을 관심이다.

소문내길 잘했다는 생각이 들었다.

가끔 내 안부를 물어보는 주변인들이 있다.
집에만 있지 말라며 장사로 바쁜 일상을 보내는 와중에도 일부러 시간을 내서 낚시를 데려가고 내 기분이 올라갈 수 있도록 최선을 다하는 형도 있고 당장이라도 원한다면 내려온다는 친구도 있다. 가끔 연락해서 내 안부를 묻는 군대 후임이었던 동생 역시 고마우리만큼 내겐 과분한 사람이다.
혼자만 앓고 있었다면 이런 느낌을 받지 못했을 것이다. 주변에 이야기하고 도움을 청하고 내가 나 스스로 인정하니 내가 혼자가 아님을 몸소 느끼는 중이다.

소문내자. 그리고 누리자. 내가 힘든 만큼 주변 사람들도 나를 걱정하고 힘들어하고 있다.
기쁨은 함께 나누면 두 배가 되고 슬픔은 함께 나누면 반이 된다고 하지 않았던가.

아픔을 나눠 보자. 언제나 응원하는 주변 사람들이 반갑게 전화해 줄 것이다.

03 고군분투 몸짱 되기

새벽 6시 40분, 알람이 울린다.

오늘도 역시 닭가슴살 한 덩어리와 고구마 한 개, 파프리카, 당근, 달걀, 브로콜리가 담긴 접시가 식탁 위에 올려져 있다. 닭가슴살 식단으로 퍽퍽한 아침을 먹고 간단히 세안을 마친 뒤 동이 트기도 전에 차의 시동을 걸고 피트니스 센터로 운전대를 돌린다. 조수석에 실려 있는 빨간 스포츠 가방 안에는 단백질 셰이크 한 통과 BCAA 한 통이 들어 있다. 엉덩이와 손을 따뜻하게 해 줄 열선이 채 뜨거워지기도 전에 피트니스 센터에 도착한다. 익숙한 손놀림으로 주차하고 종종걸음으로 문을 열고 들어서면 벌써 대여섯 명 정도의 회원들이 러닝머신을 타고 있다. 나도 천천히 몸을 풀고 그 대열에 합류한다.

몸풀기 10분으로 러닝머신을 타고나면 그날의 본격적인 운동을 시작한다.

가슴, 등, 하체, 어깨 이렇게 보통 4분할 운동을 하는데 하루에 한 부위씩 집중적으로 공략한다. 모든 운동은 자세가 중요하다. 정확한 자세와 근육의 고립이 근육 자극에 효과적이다.

우리 센터에는 근육을 정확히 자극할 수 있는 각종 기구가 상당히 많이 있다. 그뿐만 아니라 담당 트레이너 선생님들도 세계 대회에서 좋은 성적을 거둔 실력 있는 분들이 계시기 때문에 좋은 몸을 만들기에 충분한 조건을 가지고 있다.

하지만 운동은 남이 해 주는 것이 아니라 철저히 나와의 싸움이고 나와의 약속이다. 아무리 운동 기구가 좋고 훌륭한 선생님이 계신다고 한들 내가 꾀를 부리면 아무 소용없다. 또한, 한 번의 자극이 중요한 것이 아니라 꾸준하게 지속해서 하는 것이 중요하다. 매일매일 꾸준한 노력이 없으면 근육의 성장도 없다.

내 인생의 버킷리스트 중에는 '바디 프로필'을 찍어 보는 것이 있었다. 오랜 소망이었지만 바디 프로필은 선수들이나 찍는 거로 생각했기 때문에 그동안에는 그저 머릿속의 뜬구름에 지나지 않았다.

무언가 확실한 목표가 필요했다.

너무나 큰 무기력감이 날 사로잡고 있을 때는 죽고 싶을 만큼 힘들었다. 소변이 마려워도 두세 걸음 걷기가 힘들어 한두 시간을 참는 건 예삿일이었다. 손가락을 움직이는 것조차 힘들고 침대에 누워서 몸을 돌리는 것도 여러 번의 생각 끝에 움직여야 했다. 차라리 잠이라도 들면 시간이라도 빨리 지나갈 텐데, 이건 잠도 오지 않고 살아있는 송장처럼 하루하루가 흘렀다. 혹시 나 잠이 들어도 지긋지긋한 악몽으로 가위에 눌린 것처럼 소리를 지르며 일어나기 일쑤였다. 그렇게 침대에서 시간을 보내다 보면 차라리 죽었으면 좋겠다는 생각도 왕왕 들 정도였다.

돌파구가 필요했다.
나를 올바르게 되돌려줄 그 무언가가 필요했다.
그것이 바로 운동이었다.

운동을 시작하니 눈을 뜨자마자 무기력감을 느낄 그 찰나의 여지도 주지 않았다. 눈을 뜸과 동시에 침대와는 이별이었다. 대부분의 사람이 잠에서 깨면 개운함을 느낀다지만, 난 꿈속인지, 현실의 그 무엇인지 알 수 없는 몽롱함으로 하루를 시작했다. 잠이 덜 깬 것과는 분명 다른 몽롱함이었다. 술에 취한 듯 약에 취한 정신으로 부랴부랴 가방을 챙기고 옷을 입었다. 미용의 목적으로 근육을 만드는 것이 아니었다. 그것은 분명 살기 위한 발버둥이었고 잠시라도 무기력감을 해소하기 위한 나와의 치열한 싸움이었다.

매일 시간을 어기지 않으려고 노력했다. 병원을 가는 날이라거나 정말로 특별한 일이 있다거나 하는 날을 제외하고는 거의 매일 피트니스 센터로 출근했다.

보통 내 운동 시간은 준비 운동과 마무리 운동, 유산소 40분까지 합하면 3시간에서 4시간이다. 남들은 왜 그렇게 오래 하냐고 하지만 난 살기 위해 운동하는 것이기에 운동하는 시간이 가장 행복했다. 물론 근육의 자극이 매일 드라마틱하게 잘 나타나는 것은 아니었다. 정신이 몽롱하다 보니 자세가 틀릴 때도 있고 힘이 안 들어갈 때도 있었다. 하지만 포기할 수 없었다. 이마저 포기하고 집으로 돌아가면 난 다시 침대 위에서 저승사자와 싸워야 했기에 죽기 살기로 매달렸다.

그렇게 한동안 운동에 매달린 결과 상의를 탈의해도 보기 싫지 않게 자잘한 근육들이 고개를 내밀었다. 기분이 좋았다. 운동해서도 기분이 좋았지만 그렇게 잔 근육들을 보고 있자니 벅찬 감동과 뿌듯함이 함께 밀려왔다. 정말 악을 썼다는 표현이 맞을 정도로 기를 쓰고 운동한 결과였다.

'조금만 더!'

피트니스 센터의 전신거울 앞에 서서 상의를 탈의하고 이런저런 자세를 취해 보니 없던 자존감과 자신감도 올라가는 듯했다. 그길로 바로 스튜디오 촬영을 예약했다. 꿈에서나 그리던 버킷리스트 중의 하나를 지우는 순간이었다.

촬영일이 잡히고 나니 운동에 더 집중할 수밖에 없었다. 조금 더 나은 나의 컨디션을 보여 주고자 식단부터 관리까지 여간 정신 사나운 것이 아니었다. 하지만 올라오는 자존감과 자신감은 물론 침대에서 생활하던 그 악몽 같은 순간순간이 줄어들다 보니 자연스럽게 정신의 컨디션 역시 회복되는 듯 보였다.

드디어 디데이(D-day)다. 아침부터 부랴부랴 준비를 마치고 스튜디오로 향했다. 스튜디오로 향하는 길엔 기분 좋은 설렘과 걱정, 오금이 짜릿짜릿하고 머리가 어지러운 두근거림이 있었다. 스튜디오에 도착하자마자 작가님과 컨셉 회의를 하고 바로 촬영을 시작했다. 처음엔 정장부터 하나씩 벗어가며 그동안의 노력의 결실을 온전히 카메라에 담기 위해 노력했다.

그렇게 약 4시간 동안의 긴 촬영이 끝나고 집으로 돌아오는 차 안에서 알 수 없는 뜨거움이 볼을 타고 흘러내렸다. 이유는 모르겠다. 그동안 운동한 것이 힘들어서 그랬을까? 아니면 버킷리스트 하나를 지운 것에 감동했나? 그것도 아니라면 그동안 나와 악을 쓰고 싸운 내가 대견해서일까? 한동안 그렇게 생각에 잠겨서 볼을 타고 흘러내리는 뜨거움을 만나고 집으로 돌아왔다.

물론 그 후로도 그때만큼은 아니지만 멋진 몸을 유지하려고 노력하고 있다. 나에게 있어서 '몸짱'이라는 것은 그저 미용 목적이나 관상용이 아니라 또 다른 의미가 있으므로 충분히 유지하고 관리하려고 노력 중이다.

운동하면서 포기하고 싶었던 순간도 많았다. 하지만 술을 좋아하고 사랑하는 내가 술을 끊었고 먹성 좋은 내가 먹는 것을 포기했으며 침대와 불편한 동거를 하던 내가 침대와 떨어지는 계기를 다른 것이 아닌 운동으로 만들어 냈다. 그것에 의미를 둔다. 대회를 나갈 만큼의 좋은 몸은 아니지만, 나의 발전과 희망에 많은 것을 느끼는 시간이었다.

'처음이 어렵지, 두 번, 세 번은 쉽다'

그렇다. 뭐든지 처음이 어렵지, 두 번째, 세 번째는 쉽다. 한 번 해 봤으니 좀 더 보강하고 더 열심히 노력해서 두 번째, 세 번째 멋진 나를 만들어 갈 계획이다.

운동을 한다고 해서 내가 가지고 있던 우울감이 한순간에 사라지는 것은 아니다. 하지만 그동안에는 우울감이 나를 덮쳐 괴롭히는 형상이었다면 운동을 하고 나서부터는 손을 잡고 같이 다니는 그런 모습으로 변했다. 때로는 잡고 있던 손을 놓고 각자의 길을 갈 때도 있었다. 분명 선순환의 연속이었고 긍정적인 효과가 계속되었다.

그렇지만 좋은 모습만 있었던 것은 아니다. 불안장애와 강박증을 같이 가지고 있는 나에게는 어쩌다 운동을 하러 못 가게 되거나 정해진 시간을 못 채울 경우 또는 불가피하게 식단을 못 챙겼을 땐 심한 자괴감이 밀려왔다. 불안하고 초조하며 당장이라도 살이 찔 것 같고 근육이 녹아내리는 상상을 하게 되었다. 이 역시 불안장애가 있는 나에게 좋은 일은 아니지만, 온종일 이불 속에서 천장만 바라보며 화장실 가는 것조차 고민하는 나보다는 나을 것이란 생각에 양자택일을 한 것이다.

운동이 무조건적인 답이 될 수는 없다. 하지만 누구나 본인에게 맞는 돌파구가 분명 있다는 것을 이야기하고 싶다. 찾아보자. 그리고 집중해 보자. 그러면 천장의 무늬에 어지러움을 느끼고 침대 위에서 화장실을 참는 고통보다 행복한 삶이 그려질 것이다.

04 김용현의 쿠킹 클래스

나는 우울증에서 벗어나 보고자 거짓말 조금 보태서 수천 가지는 해 본 것 같다(조금의 정도는 알아서 생각하길 바란다). 그중 하나가 빵 만들기이다.

난 여러 가지 취미생활을 하고 있다. 봄과 가을엔 등산하러 다니고 여름엔 웨이크 보드를 탄다. 겨울이면 스노보드를 타고 계절에 상관없이 여행과 드라이브를 즐긴다. 또 뭉치와 산책을 좋아하며 스쿠버 다이빙 자격증도 소지하고 있다. 그리고 가끔 빵을 만드는 취미를 가지고 있다.

일상이 바쁘고 더구나 우울증을 앓게 되면서 이 모든 것들을 다 하지는 못하고 있지만, 이번 기회에 나를 되돌아보며 취미생활을 즐겨 보기로 했다. 사실 취미를 즐긴다기보다는 극심한 무기력감으로부터 탈출하기 위한 발악이라고 이야기하는 것이 더 어울리지 않을까 싶다. 어쨌든, 나에게는 뭐든 집중할 것이 필요했고 생각의 전환이 필요했다. 깊은 우울의 늪에 빠지지 않기 위해서 정말 여러 가지 방법으로 애쓰고 노력했다. 우울증에 대한 악다구니로 다시 꺼내 보았던 일들이었다.

그중 하나가 바로 빵을 만드는 일이다.

왜 시작을 하게 되었는지는 모르겠으나 매번 빵을 만들 때마다 시작하길 참 잘했다는 생각이 들곤 한다. 보통 한 번 시작하면 준비 과정부터 식혀서 포장하는 것까지 다섯 시간에서 여섯 시간 정도 걸린다. 물론 내가 익숙하지 않아서 그렇기도 하고 설거짓거리가 많아져서 도구 정리까지 하다 보니 오랜 시간이 소요되는 것은 어쩔 수 없는 일인 것 같다. 하지만 이 시간을 줄이고자 노력해 본 적은 단 한 번도 없다. 천천히, 그저 순리에 맞게 하다 보니 빵도 빵이지만 그 시간 동안 온전하게 집중할 수 있어서 그것이 너무나 좋다.

아직 초보인 내가 빵을 만드는 방법과 노하우를 이야기하는 것은 말도 안 되는 일이라 생각되어 그 부분은 각설하고 내가 빵을 만들면서 느낀 점을 이야기한다면 빵은 참 거짓말을 하지 않는, 사람으로 치면 법 없이도 살 그런 사람과 같은 것이 아닐까 싶다.

빵을 만들 때 가장 중요하게 생각하는 부분 중의 하나가 바로 '계량'이다. 사실 다른 반찬들의 계량은 요리책에 '적당히'라고 되어 있어도 그 감을 잡기가 그리 어렵지는 않다. 그런데 빵을 만드는 방법이 적힌 요리책에 '적당히'라고 되어 있으면 처음 만들어 보는 초보자들은 절대 제대로 된 결과물을 얻을 수 없을 것이다.

1g, 1㎖의 오차만 발생해도 빵의 맛은 물론이고 모양까지 달라질 수 있다. 난 주로 머핀과 마들렌을 만드는데, 요리책에 쓰여 있는 대로 계량도 하고 반죽도 했지만 이상하게 매번 다른 결과물을 얻어서 속상했던 적이 한두 번이 아니다. 나중에 안 사실이지만 오븐의 예열 온도는 물론 반죽을 젓는 방향과 방법, 반죽의 휴지 시간, 만드는 공간의 습도 등도 맛과 모양에 차이를 줄 수 있다는 것을 알고 놀랐던 적이 있었다.

이렇게 빵에 관해서 이야기하는 이유는 빵이 참 나와 닮았다는 생각이 들었기 때문이다. 조그마한 변화에도 예민하게 반응하고 나의 컨디션에 따라 누군가에게 표현하는 방법이 달라지는 것을 보면 나와 빵은 참 많이 닮은 것 같다. 사실은 그것이 우울증 때문인지도 몰랐었으니 이제는 그 닮음을 조금은 이해할 것 같다.

빵을 만들 때는 항상 숫자에 민감해진다. 밀가루의 계량에도 신경이 곤두서고 풍미를 내는 시럽의 경우엔 정말 극소량만 들어가기 때문에 그 신경이 더 곤두설 수밖에 없다.

지금 내가 나에게 그렇지 않나 싶다. 정해진 기간이나 정해진

양은 없지만 내가 만들어 놓은 레시피에 나를 가두고 1g의 오차도 허용하지 않는 팍팍한 삶을 살아왔다. 조금이라도 오차가 생겨서 결과물이 좋지 않을 때는 다른 누구도 아닌 나를 탓하고 나를 원망하기 일쑤였다. 어쩌면 내가 앓고 있는 우울증의 가장 큰 가해자는 나일 수도 있겠다는 생각을 한다. 내가 만들어 놓은 틀에 내가 정한 숫자들과 내가 정한 방식을 고수하며 조금의 오차도 용납하지 않는 그런 무서운 삶을 계속 이어가고 있다.

'내려놓음'을 연습하고 '쉬어 감'을 공부하고 있지만 쉽게 되지 않는다. 남들보다 나은 삶을 살며 많은 인정을 받고 싶어서 더욱더 나를 정확한 틀 안에 가두는 것 같다.

머핀을 만들다 보면 오븐에 넣기 전에 종이로 된 머핀 컵에 반죽을 넣는데 컵의 70%만 채우라고 한다. 오븐 안에 들어가서 뜨거운 열을 받으면 부풀어 오르기 때문에 70%가 적당하다고 하는데 처음엔 이것을 맞추기가 너무나 어려웠다. 조금만 가득 담아도 흘러넘쳐 옆에 있는 머핀들과 붙기 마련이었으니 그 처참함은 이루 말할 수 없었다. 차라리 조금 부족한 편이 나았다. 조금 부족하면 부족한 대로 머핀 컵 안에서 예쁜 머핀이 만들어져서 포장할 때도 봉투에 쏙 들어가는데 조금만 흘러넘쳐도 후 작업이 꼭 필요했다. 나중엔 익숙해지고 나서 어느 정도가 적당한지 감을 잡았지만, 처음의 시행착오는 아직도 생생하게 내 머릿속에 남아 있다.

우리의 삶도 그렇지 않을까 싶다. 딱 적당히 70%만 하다 보면 일하는 도중에 열이 생기고 부풀어 올라서 몽글몽글 예쁘게 만들어지는 머핀처럼 100%를 채우게 되지 않을까 싶다. 처음부터 100%를 준비하는 것이 아니라 70%만 준비해도 된다는 이야기이다. 다시 말하면 삶은 빵을 만들 때처럼 '계량'하듯이 사는 것이 아니라 머핀 컵에 '반죽을 담듯'이 살아야 한다는 것이다. 조금은 부족한 듯 그렇게 살아가다 보면 주변의 열기와 나의 행동이 만나 100%를 채우는 것이다. 난 여태 100%가 준비되지 않으면 시작도 하지 않는 삶을 살았다. 뭐든지 완벽하게 준비하고 뭐든지 완벽한 그 무엇을 꿈꾸었다. 완벽하지 않으면 시작도 하지 않는 병적인 고정관념이 있었는데 머핀을 만들며 난 또 하나를 배웠다.

삶은 '계량'이 아니라 '담기'이다.

이제는 조금씩 부족하게 살아 보려고 한다. 너무 많은 것을 준비하고 노력하다 보니 지금처럼 잠시 쉬어가라는 누군가의 계시가 있었던 것 같다. 100%를 꿈꾸는 것이 아닌 조금은 부족하지만 여유 있고 의미 있는 70%를 꿈꾸어야겠다. 또, 그렇게 살아가야겠다. 조금 덜 준비해서 조금 덜 부풀어도 맛이 좋으면 되지 않을까? 이처럼 조금 덜 준비해서 조금 부족해도 사람의 내실이 중요하지 않을까 싶다.

어제는 집 앞 빵집에 들렀다. 내가 좋아하는 바게트부터 알록달록 케이크까지 여러 빵이 있어서 먹성 좋은 나를 사로잡기에 충분했다. 그런데 가만히 둘러보니 같은 종류의 빵이라도 모양과 크기가 제각각이었다. 모양이 무슨 상관이랴, 맛만 좋으면 그만인 것을.

모양이 조금 차이 난다고 해서 바게트가 피자 빵이 되는 것이 아니다. 바게트는 바게트다. 사람도 같은 이치라고 생각한다. 100%의 결과를 내지는 못해도 나는 변하지 않는다. 이제부터는 조금은 여유롭게, 조금은 내려놓고 살아가 보련다. 머핀 컵 속의 반죽처럼.

05 혼자만의 시간

나는 혼자만의 시간을 갖는 것을 매우 중요하게 생각한다. 나의 재충전 방식 역시 혼자만의 시간을 갖는 것이다. 혼자 TV를 보며 맥주 한잔으로 방전되었던 나의 정신과 육체적 스트레스를 해소한다. 혼자 있다 보면 자연스럽게 나 자신에게 집중하게 된다. 하루의 잘못과 반성, 더 나은 내일의 기약이 머릿속을 가득 채운다.

혼자서 하루를 마무리하다 보면 오만가지 생각이 든다. 때론 소심해졌다가 때론 대범해지고 또 때론 용감무쌍해졌다가 때론 겁쟁이가 된다. 아마도 내 안에는 여러 개의 내가 있지 않나 싶다. 그래도 이렇게 하루를 돌아보면 참 많은 것을 느끼면서도 여러 굴곡에도 불구하고 정말 열심히 잘 살아가는 나에게 다시 한번 고마운 마음이 든다. 그럴 때면 나 스스로 나를 토닥거려 준다.

사실 나는 내가 나를 칭찬하는 것에 인색하다. 남들이 같은 잘못을 했다면 "그럴 수 있다.", "너의 잘못이 아니라 시행착오일 뿐이다."라고 말하며 다독이지만, 내가 같은 실수를 했다면 "그럴 줄 알았다."가 먼저 나온다. 그동안의 노력과 아픔을 누구보다 잘 아는 나인데 그동안의 노력과 아픔은 뒤로한 채 내가 나를 꾸짖기 바쁘다.

그러다가 언젠가 불현듯 이런 생각이 떠올랐다.

'내가 나를 꾸짖고 야단치기 바쁘니 나는 어디 가서 위로받고 누구에게 기댔어야 했을까?'

갑자기 나 자신이 불쌍하게 느껴졌다.

사실이다. 내가 나를 닭장 속의 닭처럼 짜인 틀 안에 가두기 바빴고 그 틀에서 조금만 벗어나려고 하면 극심한 스트레스와 불안, 초조함으로 견디기 어려워했었다. 그래서 몇 년 전부터는 그런 스트레스를 받는 것이 싫어 아예 시도조차 안 하는 일도 종종 있었다. 그 때문에 그러면 안 되는 회사의 업무도 소홀해지게 되고 삶을 긴장감 없이 살았던 적도 있었다.

이런 이야기를 심리 상담 때 말씀드린 적이 있는데 그것은 '결핍'이 원인이고 '인정'받고자 하는 욕구가 커서 생기는 것이라고 하셨다.

무엇이 결핍인지는 알면서도 모르겠다.

무엇을 인정받고 싶은지도 알면서도 모르겠다.

누가 만든 표현인지, 지금의 내 상황에 정말 딱 들어맞는 표현인 것 같다.

'알면서도 모르겠다는 그 말' 말이다.

정말로 알면서도 모르겠다.

무엇을 그토록 인정받고 싶은지, 무엇이 그렇게 부족한지.

과거의 내가 들려주는 나에 관한 이야기는 장편 소설과 같기에 과거에서 답을 찾고자 하니 더욱더 선명하게 그 '결핍'과 '인정'이 그려졌다.

혼자 있다 보면 종종 과거의 나에게로 시간여행을 떠날 때가 있다. 그러다 보면 꼭 만나고 싶지 않은 기억과도 만나는 날이 있는데 난 그 기억 속에서 내가 필요한 그것에 대한 결핍과 인정받고 싶은 대상을 찾는다.

어쩌면 이미 답을 찾았는지도 모르겠다. 그저 애써 모른 척하며 나의 완벽주의 행동의 이유가 무엇에 대한 결핍과 인정받고자 하는 것이 아닌 그저 성격에 대한 기질이라고 탓했는지도 모르겠다.

너무나 어려운 숙제이기에 아직도 명확한 답을 못 내리고 있다.

분명 알고는 있지만 말할 수 없는 결핍과 인정이 나를 이토록 목마르게 했던 것 같다. 이제 와서 이런 이야기가 무슨 소용이겠냐 싶지만 상처받은 그 아이는 아직도 내 안에 치유받지 못한 상태로 있다.

난 사람들에게 주기적으로 혼자 있는 시간을 꼭 갖길 추천한다. 혼자 있다 보면 이처럼 내가 발견하지 못한 나를 발견할 수도 있기 때문이다. 슬프기도 하고 기쁘기도 하며 때로는 거짓말처럼 우습기도 하다. 그런 나를 만나 위로도 해 주고 함께 웃어 주기도 하며 함께 울어 주기도 한다. 인정받길 원하고 무언가에 결핍된 나를 만날 때면 무한정 사랑해 주고 무한정 토닥여 준다. 남들에게 받지 못했던 인정과 결핍을 내 안에서 내가 그 누구도 채워 주지 못할 만큼 독려해 주고 사랑해 준다.

무엇보다도, 혼자만의 시간은 자유롭다.

혼자서 무엇을 하든지 눈치 보지 않고 내가 하고 싶은 대로 할 수 있어서 얼마나 좋은지 모르겠다. 이렇게 기쁜 나와 슬픈 나, 우스운 나를 만나서 웃기도 하고 위로도 해 주고 같이 울어 주고 나면 그동안 쌓였던 스트레스가 풀리는 느낌이 든다. 나에게 집중할 수 있는 시간은 분명 중요하다. 누구보다 나를 아껴 줄 사람은 '나'라는 사실을 우리 모두 알고 있다. 그리고 누구보다 나를 잘 알고 있는 사람 역시 '나'라는 것을 우리는 잘 알고 있다.

나 혼자만의 시간을 갖고 나에게 조금 더 관대하게 다가가 보자. 채찍질하는 시간이 아니라 보듬어 주고 감싸 안아 주는 시간을 만들어 보자. 여기저기서 상처받고 찢겨져 나간 나의 영혼이 '나'로 하여금 회복될 수 있도록 나 자신에게 집중해 보자. 의외로 오롯이 나에게 집중해 본 기억은 많지 않을 것이다. 하루 10분이라도 좋다. 눈을 감고 하루를 돌이켜보며 나에게 무한한 사랑과 에너지를 주는 그 시간을 꼭 가져보길 바란다.

그래서 사람들은 명상을 한다. 제각각 명상의 방법은 다르겠지만 나의 방법을 소개한다면 복식호흡을 한다. 숨을 힘차게 들이쉬고 천천히 내쉰다. 그럴 때면 본능적으로 생존에 필요한 들숨에 더 집중하게 되어 있다. 들숨과 날숨의 흐름이 끊기지 않도록 숨소리에 집중한다. 이때 들숨은 가슴을 부풀리는 것이 아니라 아랫배를 부풀린다는 느낌으로 배를 부풀려 본다. 천천히 그리고 강하게 들숨과 날숨에 집중하다 보면 내가 세상에 살아있음을 느끼고 그 살아있음이 헛되지 않음을 알게 된다. 그리고 나에게 집중하게 되고 집중하다 보면 자연스럽게 나에게 필요한 그 무언가를 느끼게 될 것이다. 결핍일지, 인정일지, 그것도 아니라면 응원이나 관심은 아닐지 생각해 보자. 부족한 그것을 타인이 아닌 내가 나를 위한 시간으로 채워 본다면 조금 더 탄탄한 마음을 가진 나를 만나게 될 것이다.

누구나 사랑받아 마땅하고 인정받아 마땅하다.

내가 나 자신을 소중히 여기는 그 마음이 다른 사람들도 나를 소중하게 여기는 마음의 씨앗이 될 것이다. 나 혼자 나에게로 떠나는 여행에서 그 씨앗을 찾아서 심어 보자!

06 분가(分家)

"독립을 하는 것이 좋을 수도 있겠어요."

내 치부를 공개하려 한다. 난 우울증 말고도 또 하나의 악성 질환을 앓고 있다. HPV(인체 유두종 바이러스), 피부 또는 점막에 사람 유두종 바이러스의 감염이 발생하여 표피의 과다한 증식이 초래되는 질환이다. 쉽게 이야기하면 바로 '사마귀'이다. 2~3년 정도 된 것 같다. 오른쪽 네 번째 발가락과 새끼발가락 사이 아래 발바닥 쪽에 나도 모르는 사이에 사마귀가 생겼다. 언제 무엇 때문에 생겼는지 알 수만 있다면 덜 억울할 텐데, 언제 어디서 왔는지도 모르게 내 발에 자리 잡았다. 걸을 때마다 아프고 이물감이 있어 처음에는 티눈인 줄 알고 수술도 했는데 알고 보니 사마귀였다는 웃지 못할 불편한 진실을 가지고 있다. 나중에 들은 사실이지만, 수술이 오히려 병을 더 키웠을 수도 있다는 전문가의 의견을 듣고 나니 수술을 해 준 의사 선생님이 원망스럽기까지 했었다. 난 이 사마귀의 정도가 심해서 2주에 한 번씩 병원에 내원해서 액체질소로 환부를 얼리는 치료를 벌써 2년 넘게 받고 있다. 치료받아 보신 분들이 계신다면 아시겠지만, 그 고통이 이루 말할 수 없을 만큼 강력하다. 그뿐만 아니라 정말로 정도가 심해서 무슨 주사인지는 모르겠지만 발바닥에 주사 치료까지 받을 정도로 심한 사마귀를 가지고 있다(노파심에 이야기하자면 발을 안 씻는다거나 더러워서 생기는 병이 아니라는 걸 알아줬으면 좋겠다. 본인은 굉장히 깨끗한 사람이다). 피부과 병원에 가면 액체질소가 다른 곳으로 새지 못하고 환부에 집중될 수 있도록 깔때기처럼 생긴 플라스틱판을 밀착시킨다. 그리고 보온병처럼 생긴 액체질소 기계를 환부에 가져다 대고 액체질소를 발사한다.

치익- 치이익-

서너 번의 발사가 끝나면 참을 수 없는 고통과 함께 치료가 끝난다. 이렇게 환부에 직접적인 치료를 꾸준히 한 결과 다행히 지금은 치료의 막바지에 와 있다는 기분 좋은 이야기를 얼마 전에 내원했을 때 담당 주치의 선생님에게서 들을 수 있었다.

이렇게 내 발바닥에 관한 불편한 진실을 고백한 이유는 내가 얼마 전에 집을 나와서 살게 된 이유를 말하기 위해서다. 그러기 위해 조심스럽게 이야기를 꺼내 봤다.

이제 분가를 한 지 한 달이 조금 넘었다. 분가라고 하면 뭔가 거창하게 생각할 수도 있겠지만 본가에서 조금 떨어진 곳에 오피스텔을 얻어 독립을 시작한 것이다. 나이도 이제 독립을 할 때이고 심리 치료 선생님의 이야기가 나의 독립에 결정적 요인이라면 요인이었다.

사마귀를 제거하는 방법은 생활습관을 바꾸는 것도 아니고 운동을 하는 것도 아니며 식이 조절을 하는 것도 아니다. 그저 환부에 직접적인 시술을 통해 치료하는 것이 전부이다.

내 우울증 또한 환부를 직접적으로 걷어낼 방법이 필요했다. 그것이 바로 '분가'이자 '독립'이었다.

내가 한 달 전까지 부모님과 함께 살던 본가는 이층집이다. 1층에는 2가구에 세를 주고 있었고 2층을 우리가 독채로 쓰는 방식이었는데 몇 년 전 1층에 있던 2가구 중에서 1가구가 이사를 하면서 그 집에 내가 내려가 살고 있었다. 그때부터 이미 반독립 상태이기는 했다. 씻고 먹고 하는 것은 2층에서 해결했지만, 잠자고 생활하는 것은 1층에서 생활했다. 그때도 사실 너무 좋았다. 혼자 사는 장점을 누리면서도 혼자 살 때 단점이라고 할 수 있는 먹는 것을 모두 해결할 수 있었으니 그만큼 좋은 것이 없었다. 그러나 그 좋은 기분은 채 1년을 가지 못했다. 주택의 특성상 방음이 잘 안 되었기 때문에 1층에 누워 있으면 2층의 소리가 고스란히 들렸다. 큰 소리부터 작은 소리, 뭉치가 짖는 소리까지 모두 다 들어야만 했다. 그 때문에 항상 불안한 상태였고 혹시나 2층에 무슨 일이 있지는 않을까 언제나 노심초사 조마조마한 상태였다.

내가 우울증 진단을 받고 휴직에 들어가면서 집에 있는 시간이 늘어남에 따라 그 조마조마함과 불안함은 극에 달했다. 조금이라도 큰 소리가 나면 2층으로 뛰어 올라갈 준비를 항상 하고 있었고 실제로 그런 일을 몇 번 겪은 터라 집에서는 조금의 긴장도 내려놓을 수가 없었다. 그뿐만 아니라 1층에 초인종도 달아 봤지만, 가족들은 내가 집 안에 있어도 비밀번호를 누르고 집 안으로 들어오는 것이 일상이 되어 버렸었다. 나에게 개인적인 생활이란 없는 것이었다. 휴식을 위해 휴직을 선택했으나 집이 휴식의 장소가 아닌 또 하나의 신경 쓸 거리가 되어 버린 것이다.

그리고 가장 큰 문제라고 하면 아버지와의 생활이었다. 서로 투명 인간의 그것과 같이 생활하는 상태에서 함께 식탁에서 밥을 먹고 매일 눈을 마주치는 것은 고문과도 같았다. 가장 이상적인 방법은 아버지와의 관계 회복이긴 하겠지만, 아직도 내 마음속에는 수많은 호위 무사가 두터운 방을 지키고 서 있다.

그래서 결단을 내렸다.

이대로 가다가는 무슨 일이 나도 날 것만 같아서 신중하게 결정을 내릴 수밖에 없었다. 그것이 '분가'이자 '독립'이었다.

시간을 좀 벌어보기로 한 것이다. 너무도 오래되고 마음속 깊이 박혀 있는 일들이라 지금 당장 결단이 어려울 수 있으면 정면 돌파가 아니라 조금 돌아가기로 마음먹은 것이다. 이런 일들을 심리 상담 때 이야기해 보니 선생님은 이렇게 말씀해 주셨다.

"독립을 하는 것이 좋을 수도 있겠어요. 용현 씨만의 공간을 가져 보세요."

마음을 먹고 나니 일은 일사천리로 진행되었다. 사실 돈이 없을 뿐이지, 집이 없겠는가. 어머니가 걱정이기는 했지만, 어머니께 사실대로 말씀드리고 도움을 청했다.

어머니는 처음에 부정적이셨다가 "이 꼴, 저 꼴 안 보는 게 너에게 나을 수도 있겠다."라며 나의 독립을 겉으로나마 응원해 주셨다.

내가 왜 그 속을 모르겠는가. 속으로는 나가지 않았으면 하는 마음이셨겠지만, 나의 회복을 위해 어머니가 한발 물러나신 것이다.

그렇게 내 인생의 첫 독립은 순식간에 진행되었다. 독립을 마음먹고 2주 만에 계약서를 작성했고 곧바로 이사 날짜를 잡았다.

이사하기 전에 마지막으로 저녁을 먹는데 무슨 이유에서인지 알 수 없는 용기가 났다. 아니, 꼭 내가 해야만 할 것 같았다.

"나 내일 이사 가요."

몇 년 만에 아버지께 꺼낸 말이었다. 심장이 터질 것만 같고 시선은 밥그릇을 향해 있었다. 등에서는 식은땀이 흘렀고 온몸에 짜릿한 그 무언가가 흘렀다. 말을 꺼내기 전에 사실 몇 가지의 예상 답변을 생각해 봤다.

'잔소리를 하실까?', '아주 나가 살라고 하실까?' 그것도 아니라면 '아무 말씀도 없으시려나?' 오만 가지의 생각이 머릿속을 빙빙 돌던 찰나에 뒤통수를 얻어맞은 듯한 뜻밖의 대답이 들려왔다.

"나갔다가 힘들면 언제라도 들어와."

더 이상 무슨 말을 할 수가 없었다. 예상 밖의 대답에 한동안 머릿속이 하얘졌다. 그 짧은 대답 안에는 이상하리만큼 따뜻함이 있었고 나에 대한 걱정이 있었다.

'차라리 욕을 해 주지. 아무 말도 하지 말고 관심도 주지 말지'

괜스레 신경이 쓰이고 마음이 약해졌다.

내 앞엔 오징어 접시를 쓰레기통에 던지고 어머니 베개에 칼을 대던 예전의 그 아버지가 아닌 주름이 가득한 노부가 앉아 있었다.

그렇게 그날도 날이 저물고 밤이 찾아왔다.

약을 먹어도 잠이 들지 않았다. 한참 동안 식탁에서의 그 말이 머릿속에 맴돌았다.

평생을 원망하게 될 줄 알았다. 평생을 미워만 할 줄 알았다. 그런데 그 말 한마디에 마음이 흔들리는 나를 보니 천륜은 천륜인가 보다.

이렇게 또 한 번 마음속 호위 무사들의 대규모 해고 사태가 벌어졌다.

07 지금 여기에서

나는 이제 곧 회사로 복직한다. 1년이라는 시간이 정말 눈 깜짝할 사이에 지나가 버렸다. 나를 되돌아보고 아껴 주며 충분히 진정한 내가 되기에도 부족했던 시간인 것 같은데 벌써 그 시간이 지나 버렸다. 두려움이 앞서고 막막함이 앞선다. 아직도 약의 힘을 빌려 잠들어야 하며 아침에 눈을 뜨면 약 기운에 하루가 몽롱하다.

잘할 수 있을 것이란 추상적인 생각만 가득하지, 무엇을 어떻게 해야 하는지 구체적인 대안이 없다. 솔직한 마음으로 내가 쉬는 동안 회사가 나 때문에 많이 허덕였으면 좋겠다고 생각했었다. 나의 빈자리가 크게 느껴져 내 존재감이 돋보였으면 좋겠다는 치기 어린 생각도 했었다. 하지만 나 없이도 회사는 승승장구하고 있고 오히려 내가 없어서 더 잘 되는 것인가 의심될 정도로 정말 잘 돌아가고 있다. 그저 병가 휴직이라는 복지 혜택을 받아 자리를 보전해 주신 많은 분께 감사하다는 말씀을 드릴 뿐이다.

가만히 생각해 보면 난 항상 과거와 미래에서 살았던 것 같다.

과거의 추억과 미래의 걱정에 의존하고 현재는 등한시하며 무조건적인 미래의 불안감으로 하루하루를 살았다. 사실은 지금도 그렇다. 미래에 대한 불안감과 걱정으로 매일 조급하며 하루하루가 쫓기는 느낌이다. 그러다가 정말 중요한 것들을 놓치곤 한다. 아직 오지도 않은 미래를 걱정하느라 현재를 놓치는 것이다.

나에겐 조카가 있다. 조카는 이제 막 돌이 지났다. 누나는 경기도에 살기 때문에 우리 집과는 거리가 좀 있다. 그래서 자주는 못 와도 한 달에 한두 번 정도는 꼭 챙겨서 오는 편이다. 집에 올 때는 항상 귀염둥이 조카가 함께 온다. 손, 입, 눈, 얼굴, 코 등 모든 것이 동글동글한 귀염둥이 조카다. 조카가 올 때마다 느끼는 거지만, 보름 만에 집에 와도 훌쩍 큰 듯한 느낌이 든다. 보름 전에는 손을 잡아 주어야만 걷던 아이가 이제는 뛰어다니는 것을 보니 새삼 시간의 무서움을 다시 한번 느낀다. 조카를 보며 그런 생각을 한다. 이 아이가 커서 학교에 다니고 군대에 가고 직장에 취업하는 그때가 중요한 것이 아니라 지금 이 순간이 소중하다는 것을 깨닫게 된다. 지금 징징거리는 이 목소리가 중요하고 성큼성큼 걷는 것이 중요한 것이 아니라 뒤뚱이는 저 엉덩이가 중요하다. 무엇을 주든 조그마한 입으로 오물거리는 그 귀여움이 중요한 것이다. 지금 이 순간이 지나면 그 귀여움은 다시 보지 못한다. 미래에도 나름의 귀여움과 성숙함은 있겠지만, 지금 막 돌이 지난 아이의 소중함은 하루하루 지금이 순간이 중요하다.

스물다섯의 겨울, 스키장으로 스노보드를 타러 간 적이 있다. 오랜만에 간 스키장이라 정신없이 몇 번을 신나게 스노보드를 타고 내려왔던 것 같다. 그렇게 한숨을 돌리며 리프트에 올랐는데 앞에 있는 리프트 광고판에 이렇게 쓰여 있었다.

"20대의 겨울은 10번뿐입니다."

충격이었다.

스물다섯밖에 되지 않았기 때문에 지금 생각해 보면 아직도 네 번에서 다섯 번의 겨울이 남아 있었을 때였는데 벌써 그것밖에 남지 않았나 하는 서러움에 갑자기 기분이 가라앉았던 적이 있다. 그만큼 나는 언제나 현재가 아닌 미래의 나를 보고 살았던 것 같다. 그런데 이번에 마음의 아픔이 있고 나서는 현재의 나에게 집중하기로 마음먹었다.

'나도 오늘이 처음이다'

서툰 것이 당연하고 익숙하지 않은 것이 당연하다. 그것을 나무랄 사람은 없다. 나를 내가 만든 기준에 넣어 놓고 언제나 잘해야 한다는 생각에 채찍질만 하지 않으면 이 세상 모든 사람이 처음인 오늘을 나도 잘 이겨 낼 수 있다.

지금 여기서 느끼는 감정에 솔직해져 보려고 한다. 그리고 그 감정과 생각에 충실하여 내 삶에 도움이 되어 보려고 한다. 이 순간이 지나고 뒤를 돌아보며 후회하는 그동안의 행동들은 이제 그만하고 싶다. 뜻대로 될지는 모르겠지만, 현재의 삶에 충실하게 되면 더 나은 미래나 더 나은 과거가 만들어지리라 확신한다.

막연한 불안감에 휩싸여 아무것도 못 할 때가 있었다. 무기력감과 더불어 과연 우울증이 나을 수 있을지 또는 회사에 다시 복직할 수 있을지 불안한 마음에 베갯속에 얼굴을 묻고 눈물을 흘렸던 적이 한두 번이 아니었다. 그런데 상황이 좀 좋아지고 마음이 탄탄해지고 보니 미래에 대해 걱정할 시간에 현재에 충실했다면 좀 더 나았지 않았을까 하는 생각을 했다.

현재의 행복을 둘러볼 마음을 키워야겠다.
현재에 집중할 마음을 키워야겠다.

현재에만 충실하면 된다. 때론 뒤도 돌아보고 멀리도 내다봐야 하지만, 현재에 충실하면 모든 것이 행복해질 것이다.

이번 겨울에는 한라산에 올랐다. 2월의 어느 날이었기에 날씨가 많이 풀렸다고는 하지만, 정상 부근엔 아직도 얼음이 얼어서 바닥이 미끄러웠다. 아이젠을 신발에 걸고 한 걸음씩 걸음을 내디뎠다. 한라산은 그동안 다섯 번은 갔었던 것 같은데 갈 때마다 장관이며 갈 때마다 새로운 무언가를 보여 줬다. 정상에 올라 백록담을 보고 있노라니 세상을 다 가진 기분이었다. 나는 등산을 좋아하지만, 사람들과 함께하는 산행은 별로 즐기지 않는다. 내 페이스가 빠를뿐더러 산에 오르는 그 순간만큼은 어느 무엇에도 내 신경을 빼앗기고 싶지 않기 때문이다. 그래서 그날도 일부러 사람들이 없는 이른 시간에 산행을 시작하다 보니 내가 하산할 때쯤 되어서야 사람들이 정상을 향해 오르고 있었다.

어린아이부터 백발의 어르신까지 차근차근 정상을 향해 걸음을 내디디고 있었다. 그 모습을 보며 내려가고 있자니 뭔가 승리자가 된 기분이랄까? 아침부터 부지런히 움직인 것이 묘하게 기분 좋은 순간이었다. 얼마나 내려갔을까? 어떤 아주머니 한 분이 나에게 정상이 얼마나 남았냐고 숨이 턱까지 차올라 하며 물어봤다.

"조금만 더 가시면 돼요! 힘내세요!"

그랬다. 한 걸음, 한 걸음에 집중하다 보니 어느새 정상이었다. 그 아주머니 역시 한 걸음, 한 걸음에 집중하다 보면 어느새 정상일 것이다. 내려오는 사람이 정상까지의 거리가 많이 남았다고 한들 그 거리가 줄어들 것도 아니고 조금 남았다고 해도 그 거리가 늘어날 것도 아니다. 그저 나에게 맞는 속도로 그 순간에 집중하면 다가올 정상도, 지나온 거리도 모두 다 추억이 되고 행복이 되지 않을까?

다시 한번 등산할 때의 발걸음처럼 현재에 집중해야겠다는 생각이 머릿속을 사로잡았다.

모두가 오늘이 처음이고 나 역시 오늘이 처음이다. 처음인 이 순간에 집중하는 것이야말로 행복한 내일을 꿈꿀 수 있는 원동력이 될 것이다.

지금도 때때로 견딜 수 없는 무기력감과 극단적인 충동이 나를 찾아온다. 그럴 때면 책을 펼치거나 운동에 집중한다. 다른 것을 생각할 여지도 주지 않고 책을 읽거나 운동을 하는 데 온 정신을 집중한다. 사실 그런 마음이 들 때 책을 보면 무슨 내용이었는지 도통 기억이 나질 않을 때도 있다. 혹은 도저히 무슨 내용인지 이해가 되지 않아 가벼운 책이라도 책장이 넘어가지 않을 때가 종종 있다. 그렇지만 악을 쓰고 현재에 집중한다. 그러다 보면 극심한 무기력감은 물론이고 나를 괴롭히던 우울감과 극단적인 충동 역시 막아 낼 수 있다. 나만의 방법을 만든 것이다.

지금 이 순간, 지금 여기에서 느낄 수 있는 감정에 집중하고 몰입해 보자. 미래와 과거가 아닌 지금 이 순간 내 삶의 가장 젊음을 이 소중한 시간에 집중하고 몰입하여 나에게 온 불청객을 몰아내 보자.

난 오늘도 내 인생에서 가장 젊을 오늘을 응원한다.

08 한 발 떨어져서 바라보기

나는 아직 100세 시대의 반도 안 살았기에 인생을 논하기에는 이른 나이지만, 어른들이 하시는 말씀을 들어보니 인생은 멀리서 보면 희극이라고 한다.

지금도 심각한 우울과 불안, 초조함으로 위험한 순간이 가끔 나를 찾아온다. 그럴 때면 난 숨을 크게 들이쉰다. 짧은 심호흡으로 마음을 달래보는 것이다. 참을 인(忍) 셋이면 살인도 면한다고 하지 않았던가.

우리는 삶을 살아가면서 다가가야 할 때와 떨어져야 할 때를 잘 구분해야 한다. 남자들은 화장실에서는 한 발 다가가야 하고 기차를 탈 때는 노란 선 밖으로 한 걸음 물러나야 한다. 그것이 여러 경험을 통해서 쌓인 안전에 관한 지혜이기 때문이다.

우울과 불안 역시 마찬가지가 아닐까 싶다. 한 번씩 우울함과 불안한 감정이 몰아치면 정신을 차릴 수 없을 만큼 마음이 크게 요동친다. 그때는 한 발 물러서길 바란다. 그 깊은 수렁으로 빠져들기 시작하면 한도 끝도 없이 헤어나올 수 없는 깊은 곳으로 빠져들어 가기 때문에 나중엔 허우적대는 내 발버둥에 지쳐 힘을 잃곤 한다. 내가 가장 추천하고 싶은 방법은 바로 숨을 크게 들이쉬는 것이다. 숨을 크게 몇 번을 들이쉬게 되면 한결 마음이 편안해진다.

전문적이지는 않지만 난 이 방법을 좀 더 잘 활용하고 싶어서 따로 명상을 공부했었다. 가부좌를 틀고 앉아 들숨을 강하게, 날숨을 천천히 내쉰다. 아랫배가 부풀어 오르는 것을 인지하며 호흡하다 보면 마음이 차분해지고 당장 위험한 순간을 모면할 수 있다. 꼭 가부좌를 틀고 앉지 않아도 잠시 눈을 감고 호흡에 집중해 보자. 들어오는 숨소리와 나가는 숨소리에 집중하며 모든 신경을 단전에 모아 보자. 나의 경우엔 짧게는 10번, 길게는 30~40번의 들숨과 날숨이 오가면 모든 기운이 빠져나가 긴박한 상황을 피할 수 있었다.

나뭇잎을 보지 말고 숲을 보자!

한 번은 정말 심한 자살 충동이 나를 힘들게 한 적이 있었다. 천장만 바라보게 되고 삶이 무의미해지며 높은 곳에 올라가 창가에 서고 싶은 그런 날이었다. 그날 TV에서는 때마침 미세먼지에 대해 심도 있게 다루는 다큐멘터리 프로그램이 방송 중이었다. 그런데 문득 이런 생각이 들었다.

'내가 죽으면 미세먼지보다 더 크게 뉴스에 나올까?'

아니었다. 나 따위가 세상에서 사라진다고 해도 세상은 꿈쩍도 하지 않을 것이다. 그것을 느끼고 보니 억울하기도 하고 분하기도 했다. 미세먼지 따위보다 못한 인생은 아니었고 그렇게 하찮은 삶을 살진 않았는데 미세먼지 따위는 전국 방송에서 매일 보도되지만, 나 하나 없어진다고 해서 저렇게까지 국가적인 문제로 관심받지는 못할 것 같았다. 그 생각을 하니 오기로라도 더 살아야겠다는 마음이 들었다. 내가 사라지면 온 국민이 슬퍼할 만큼 한 획은 그어야 하지 않겠나 하는 생각이 머릿속을 채웠다.

그렇다. 내가 느끼기엔 지금 당장의 내 문제가 굉장히 크게 느껴질 수 있겠지만, 한 걸음 떨어져서 생각해 보면 티끌과 같은 아무 문제가 아닐 수도 있다.

명상으로 나를 문제에서 떨어뜨려 놓자. 좁아진 나의 마음을 우울함으로부터 떨어뜨려 보자. 넓은 시각으로 바라보고 기차가 플랫폼에 들어올 때처럼 한 걸음 물러나 객관적으로 바라볼 수 있는 마음의 힘을 길러 보자.

그래야 한다. 여태까지 힘들고 어렵게 삶을 헤쳐온 나 자신이 한낱 미세먼지보다 못할 수는 없다. 억울하고 분해서라도 더 열심히 살아야 한다.

난 오늘도 공기 청정기를 켠다.

Epilogue

나의 우울증은 '현재 진행형'이다.

극적인 반전으로 우울증을 마감하고 새로운 희망의 시작을 알렸다면 좋았겠지만, 난 지금 나와 동행하는 '우울이'를 놔 주고 싶지 않다. 그동안 '정'이라도 든 걸까? 겪어 보니 적당한 우울감은 삶을 살아가는 데 묘한 긴장감을 주기도 한다는 것을 깨달았다.

물론 지금은 동행하는 '우울이'가 내가 시킨 강제 다이어트 덕분에 많이 왜소하고 초라해졌지만, 그 모습 역시도 귀엽고 연민이 들며 가끔은 고도 비만이었던 '우울이'가 그립기도 하다.

이 역시 지나고 나니 지금처럼 웃으며 이야기할 수 있게 되었다. 한참 고통의 수렁에 빠져 허우적거렸던 그 당시에는 정말로 삶을 포기하고 싶은 극단적인 생각에 몸부림치던 악몽 같은 순간이 계속되었다.

피할 수 없으면 즐기라고 하지 않았던가. 또 노력하는 자는 즐기는 자를 이기지 못한다고 하지 않았나. 난 지금도 현재 진행 중인 '우울이'와의 동행을 즐겨 보려고 노력 중이다.

조급해하지 않았으면 좋겠다.

조금은 여유를 가지고 천천히 그와의 이별을 준비해야 한다.

때론 '우울이'가 갑작스러운 과식으로 나를 힘들게 할 수도 있다. 또 때론 부쩍 힘이 세진 '우울이'가 나를 다시금 괴롭힐 수도 있다. 하지만 이제는 무섭지 않다. 이미 많이 당해 봤고 그에 대한 나름의 해결책을 알고 있기에 어떠한 습격에도 '우울이'를 물리칠 용기와 배짱이 생겼다.

그래서 그 용기와 배짱을 세상에 알리고 싶었다. 정신과 의사 선생님들이 쓴 어렵고 복잡한 이야기가 아니라 나의 경험을 바탕으로 가볍지만 경박하거나 유치하지 않게, 무겁지 않지만 진중하고 솔직하게 이야기를 풀어 가려고 노력했다.

많은 이에게 나의 이야기가 하나의 힘이 되었으면 하는 바람을 가져 본다. 그것이 아니라면 "이런 방법으로 '우울이'와의 동행을 즐기는 자도 있구나!" 하는 하나의 이야기로 생각해 주길 바란다.

난 오늘도 '우울이'와의 산책을 준비한다. 그 산책을 응원해 주는 많은 사람에게 감사하고 무엇보다 앞으로의 동행에 용기와 배짱을 가진 나에게 스스로 격려의 박수를 보내고 싶다.

끝으로 이 책을 읽는 모든 사람의 마음에 긍정과 희망이 가득하며 언제나 행복이 따르기를 진심으로 바란다.

그리고 나를 한층 더 성장하게 도와준 우리 가족들에게 사랑한다고 말하고 싶다.

2019년 5월
김용현